Iris Roßmann

Flüchtige Zeiten

Die Geschichte einer Familie,
die nach der Wende in den Osten zog.

Für meine Familie, damit diese turbulente und geschichtsträchtige Zeit nicht in Vergessenheit gerät, als auch zur heiteren Unterhaltung.

Mein Dank geht an:

Herrn Dr. Bernd Melzer, unser Dozent in der Schreibwerkstatt der VHS Bad Doberan, dafür, dass er mir Wege aufgezeigt hat, wie man so ein persönliches Buch schreiben kann,

Herrn Berthold Wendt, für seine Geduld bei der Korrektur, für die Gestaltung des Covers und die vielen hilfreichen Informationen,

meine Mitstreiter und Mitstreiterinnen in der Schreibwerkstatt für ihre konstruktiven Kritiken und Ermunterungen,

und ganz besonders dankbar bin ich dafür, dass ich meiner Schwiegermutter noch am Kranken- und Sterbebett die für sie wichtigsten Geschichten vorlesen durfte. Ihr Geist war bis zum Schluss wach und ich sah es ihr an, wie sie es genoss, die Vergangenheit noch einmal zu erleben.

FSC
www.fsc.org
MIX
Papier aus ver-
antwortungsvollen
Quellen
Paper from
responsible sources
FSC® C105338

Bibliografische Information der Deutschen Nationalbibliothek:
Die Deutsche Nationalbibliothek verzeichnet diese Publikation in der
Deutschen Nationalbibliografie; detaillierte bibliografische Daten sind im
Internet über http://dbn.dbn.de abrufbar.

©2016. Alle Urheber- und Nutzungsrechte verbleiben bei Iris Roßmann.
Abdruck, Vervielfältigung und Verwendung aller Bestandteile nur mit
ausdrücklicher Genehmigung der Autorin Iris Roßmann.
Reproduktionen, Einband, Satz und Gestaltung: Berthold Wendt.
Gestaltet und gesetzt mit »Papyrus Autor von R.O.M. Logicware GmbH«
Herstellung und Verlag: BoD - Books on Demand, Norderstedt

ISBN: 978-3-7412-6343-9   Preis: 9,20 €

Inhaltsverzeichnis

Vergangenheit	7
Die Wende	13
Roßmänner	15
Von Süd nach Nord	17
Alte Heimat	20
Vorbereitungen	27
Unvorhergesehenes	38
Mecklenburger	50
Der Umzug und das Kreuz mit dem Obermieter	62
Begegnungen	70
Vergangenheit und Zukunft	77
Rinderwahn und andere Heimsuchungen	86
Gefährliche Situationen	88
Oma Traudel	97
Auftrieb	107
Kalmus und seine Folgen	112
Strukturanpassungsmaßnahmen	118
Café olé	121
Der Stoppelacker	126
Freundschaften und eine etwas andere Abiturfeier	128
Feriengäste und ein neuer Plan	139
Am Set	149
Besuch in Mankells Heimat	153
Das Konzert	157
Viechereien	170
Das Boot	176
Der Windmühlenbau	191
Schicksal	198
Landverkauf	215
Herbst	226
Übergabe	228

Vergangenheit

Leise schloss Grete die Haustür und blieb im Halbdunkel des Flures stehen. Sie hielt ein Telegramm in den Händen, drehte es, um auf der Rückseite den Absender zu lesen, aber dort stand nichts, es war ja kein Brief. Wer außer Irene, ihre Cousine aus Mecklenburg, würde ihr ein Telegramm schicken? Mit ihr stand sie ständig in Briefkontakt, denn telefonieren war so gut wie unmöglich. Zum einen gab es zu wenig Leitungen und außerdem musste man befürchten von der Stasi abgehört zu werden. Ein Telegramm kam selten und verhieß meistens nichts Gutes.

Grete ging in die warme Küche, in der es stets nach frisch gebackenem Kuchen duftete, ging an die Besteckschublade und nahm das alte Messer mit dem dunkel gewordenen Horngriff heraus. Es stammte vom Hof in Boldenshagen und sie hütete es wie einen Schatz, obwohl es oft gescheuert werden musste, weil es rostete. Dafür wurde es rasiermesserscharf, wenn sie den irdenen Topf vom Regal nahm und die Klinge am unglasierten Rand wetzte.

Sie setzte sich auf ihren Platz am Esstisch, prüfte, ob die Wachstuchdecke sauber war, öffnete den hellbraunen Umschlag mit zittrigen Händen und zog die ebenfalls bräunliche Mitteilung heraus.

»Liebe Grete«, begann sie zu lesen.

»Tante Martha heute am 30. Januar in den Morgenstunden friedlich eingeschlafen. Beerdigung am Freitag, den 04. Februar. Leite alles in die Wege. Erwarte Euch. Mein herzliches Beileid. Irene«

Sie las es ein zweites Mal und sah dabei das ernste Gesicht ihrer Mutter, mit den streng zu einem Knoten gesteckten Haaren, vor sich.

Viel zu früh gealtert durch Entbehrungen und Sorgen. Die Hände meistens hart und rissig von allzu harter Arbeit. Einsam war sie, einsam und alleine. Mit zweiunddreißig Jahren Witwe, Mutter von drei halbwüchsigen Kindern und plötzlich alleinige Wirtschafterin auf dem großen Hof in Boldenshagen. Sie hatte die Zügel fest in der Hand und ließ sich selten etwas sagen.

Manchmal sah man sie im Frühjahr mit dem Spaten über die Felder gehen und die Ecken umgraben, die die Knechte nicht sorgfältig umgepflügt hatten. Sie sprach nicht viel, ein Blick genügte, und niemand wagte ein Wort zu erwidern. Die Wirtschaft aufgeben? Nein, das kam für sie nicht in Frage. Morgens um vier Uhr aufstehen, im Sommer die ersten Sonnenstrahlen im Gesicht spüren und die Kühe bei ihren Namen in den Melkstand rufen, das gab ihrem Leben einen Sinn.

Wenn sie im Winter in der Dunkelheit mit Schemel und Eimer in den warmen Stall trat und die Stirn beim Melken an die warme Flanke von Berta, ihrer Lieblingskuh, drückte, dann war sie mit sich und der Welt im Einklang. Aufgeben? Nie und nimmer! Der Hof musste weitergegeben werden, die bäuerliche Tradition erhalten bleiben. Aussaat und Ernte, Geburt und Tod bestimmten das Leben von Martha Seyer und ließ sie mit dem Hof fest verwurzelt sein.

Grete seufzte, erhob sich und ging mit dem Telegramm in der Hand in das Büro ihres Mannes. Wortlos reichte sie ihm die Mitteilung und setzte sich ihm gegenüber auf die Kante eines Stuhles, auf dem gewöhnlich Maurer und Lehrlinge saßen, um Anweisungen entgegenzunehmen.

»Dann müssen wir wohl rüber und die Omi beerdigen«, sagte er mit einem betroffenen Gesicht. Grete nickte und verließ immer noch wortlos den Raum. Ihr Verhältnis zur Mutter war in der Vergangenheit nicht immer gut gewesen. Nach dem Tod des Vaters, hatte die Mutter sich zurückgezogen und erschien ihr und den Brüdern lieblos und unnachgiebig. Sie verstanden die Trauer einer Frau um ihren geliebten Mann nicht. Nur selten nahm sie ihre Kinder in den Arm, um sie über den Verlust des Vaters hinwegzutrösten. Auch die von der Mutter veranlasste Verbannung während Gretes Schwangerschaft ließ das Verhältnis nicht besser werden. Erst die Geburt des ersten Enkels brachte das Eis zum Schmelzen, die Gemüter wurden weicher und das Mutter-Tochterverhältnis in den folgenden Jahren herzlicher.

Auf dem Weg zur Beerdigung eine Woche später, am Nachmittag, erreichten sie den Grenzübergang Lübeck-Schlutup. Nach einem flüchtigen Blick in die Pässe und einem saloppen Gruß der Grenzbeamten wurden sie durchgewunken. Sie durchquerten das Niemandsland und fuhren langsam in die auch am Tag hell beleuchteten Abfertigungsanlage der Deutschen Demokratischen Republik. Warum nur schlug Gretes Herz an dieser Stelle immer wieder bis zum Hals? Es war doch wirklich nicht das erste Mal, dass sie die Grenze passierte.

»Papiere bitte!«, forderte ein Grenzsoldat mit leichtem sächsischen Akzent. Ohne ein Wort zu verlieren, reichte Willi senior ihm das Geforderte aus dem geöffneten Fenster.

»Führen Sie Waffen, Tonträger, Zeitungen und Devisen in mit sich?«

»Nein«, entgegnete Willi und bemühte sich eine gleichgültige Miene zu zeigen. Gretes Finger krampften sich um den Henkel ihrer Handtasche und richtete ihren Blick starr gerade aus. Ein zweiter Beamter erschien und ging prüfend um das Auto herum, blieb an Gretes Fenster stehen und verglich das Passfoto mit ihrem Ebenbild.

Die Pässe verschwanden in einem Häuschen und beide wurden aufgefordert, sich der Schlange vor der nächsten Station anzuschließen, um dort bestenfalls die überprüften Papiere wieder zu bekommen. Wider Erwarten ging die Abfertigung an diesem Tag zügig und so konnten sie den Weg durch die 5 km breite Zone bis Dassow fortsetzen. Vorbei an Sichtschutzzäunen, die den Blick auf die Lübecker Bucht in den Westen verhinderten, vorbei an einem Beobachtungsturm auf dem Soldaten mit Ferngläsern den Todesstreifen absuchten. Junge Soldaten, mit Gewehren bewaffnet, von Schäferhunden begleitet, patrouillierten an der deutsch-deutschen Grenze. Noch eine kurze Kontrolle in Dassow und sie befanden sich auf der Transitstrecke nach Rostock, der F105. Hin und wieder sahen sie einen grünen Wartburg in den Wald- und Feldschneisen stehen, immer bereit vermeintliche Geschwindigkeitssünder zur Kasse zu bitten.

Sie näherten sich Wismar. Der unangenehme Geruch von verbrannter Braunkohle und der Gestank, den die Zweitaktmotoren verursachten, nahm zu. In dicke Wintermäntel gehüllt eilten Städter über die trüben beleuchteten Bürgersteige, an deren Ränder schmutzige Schneereste klebten. Menschenschlangen standen stumm vor Geschäften, in denen es offenbar Waren gab, die so schnell nicht wieder angeboten würden.

Weil wenig Verkehr auf der Straße war, lag die Stadt schnell hinter ihnen. Kahle Alleebäume säumten die Strecke, deren Äste sich wie anklagend in den nächtlichen Himmel streckten. Winterwetter, feucht, kalt und ungemütlich. Eine gute halbe Stunde später erreichten sie Kröpelin, wo Irene sie herzlich in Empfang nahm.

Am nächsten Tag um 11 Uhr, sollte die Trauerfeier dort in der Kirche stattfinden; nicht in der kleinen gut beheizten Winterkirche, sondern in der großen würde sie zelebriert werden. Eine alteingesessene, von jedermann respektierten Persönlichkeit sollte zu Grabe getragen werden. Wie erwartet strömten die Trauergäste in schwarzen Mänteln, mit und ohne Hut, aber alle mit dicken Winterstiefeln an den Füßen in die eisige Kirche. Die Bänke fassten kaum die Menschen, die Martha Seyer, geborene Kordts, aus Boldenshagen das letzte Geleit geben wollten. Bekannte und unbekannte Menschen, nahe und ferne Verwandte reichten Grete und Willi die Hand, um ihr Beileid auszudrücken. Ihre engsten Freunde, Lisa und Herbert Beyer standen tröstend an ihrer Seite.

Es war schon wieder dunkel, als die letzten Gäste das Gesellschaftshaus verließen, in dem die Kaffeetafel gedeckt war. Erschöpft machten sich Willi, Grete und Irene auf den Heimweg. Am nächsten Tag würden sie Mecklenburg wieder verlassen müssen, denn die Sondergenehmigung, die bei einem Sterbefall erteilt wurde, erlaubte nur einen dreitägigen Besuch und der Nachlass musste noch geregelt werden.

Willi fuhr Grete früh am nächsten Tag, am 05. Februar 1972 auf den Hof in Boldenshagen. Sie wollte Abschied zu nehmen, von der Mutter, ihrer Kindheit, ihrer Jugend und von der Heimat. Sie würde sich die sechs silbernen Teelöffel mitnehmen, die zum Familiensilber gehörten, welches sie bei ihrer Ausreise schon mit in den Westen genommen hatte. Das restliche Inventar sollte an die Hausbewohner gehen. Sie nahm sich Zeit, denn es war ein Abschied für immer.

Die Wende

In Erwartung eines neuen Fahrauftrages ging ich an das fordernd klingelnde Telefon und meldete mich mit meiner freundlichen Geschäftsstimme »Taxiunternehmen Roßmann, guten Tag, was kann ich für Sie tun?«

»Hallo Iris, hier ist Ninetta«, hörte ich eine leise Stimme mit sächsischem Akzent und erkannte sie sofort. Meine Cousine aus dem Osten, genauer, aus Dessau, Tochter der Schwester meiner Mutter. In Sekundenbruchteilen ging mir durch den Kopf, dass das eigentlich nicht sein konnte, sie wohnte »drüben« und konnte nicht einfach so anrufen. Aber wenn sie mich anrief, wo war sie dann?

»Wo bist du«, fragte ich erstaunt und sie erzählte mir in kurzen Sätzen Ihre Geschichte, denn telefonieren kostete Geld, Westgeld, mit dem man haushalten musste, wenn man gerade aus dem Osten in den Westen geflüchtet war. Sofort kam mir in den Sinn, dass unsere Mietwohnung im Dorf zur Zeit nicht vermietet war und bot sie ihr und ihrer kleinen Familie an, bis eine andere Lösung gefunden wäre.

»In zwei Tagen sind wir bei euch in Todenbüttel, und dann erzählen wir euch alles ganz genau«, sagte sie mit vor Freude strahlender Stimme.

Todenbüttel ist eine tausend Seelen Gemeinde im Herzen Schleswig-Holsteins, in dem wir wohnten und ich das Dorftaxi fuhr: alte Leute zum Hausarzt oder zum Facharzt in die Stadt, Betrunkene von der Kneipe und Jugendliche von der Disco nach Hause. Man nannte mich im Dorf auch die schnelle Gerdi, nach einer derzeit im Fernsehen laufenden Serie mit Senta Berger. Meine bessere Hälfte Willi junior, auch Williken genannt, Schwiegervater Opa Willi senior und ich waren ein gutes Team. Willi senior kümmerte sich um die älteren Damen, Willi junior übernahm die Nachtfahrten, manchmal auch in ein Etablissement und ich erledigte den Rest, was mir Zeit gab, mich auch um die Kinder und den Haushalt zu kümmern.

Gedankenverloren wandte ich mich wieder der Küche zu, um das Abendessen weiter zuzubereiten. Meine Gedanken kreisten um den Anruf. Seit Wochen berichteten die Nachrichten von den *Montagsdemonstrationen* in Dresden, Leipzig, Rostock und Ostberlin und wir stellten uns die bange Frage, ob das wohl gut gehen könnte. Wie lange würde die DDR-Regierung tatenlos zusehen, wie immer mehr Menschen nach Tschechien reisten, um in der Deutschen Botschaft in Prag auf ihre Ausreise zu warten. Viele waren bereits über Ungarn geflüchtet und nur der Menschlichkeit der dortigen Grenzsoldaten war es zu verdanken, dass es zu keinen blutigen Zwischenfällen kam. Ungeduldig erwartete ich die Familie zum Essen, um ihr die Neuigkeit mitteilen zu können.

Roßmänner

Willi junior kam auch aus dem Osten, aus Boldenshagen, einem winzigen Flecken in Mecklenburg, der noch nicht einmal dem Begriff Dörfchen gerecht wurde, es lag nur 10 km von der Ostsee entfernt, eingebettet in einer von den LPGs geprägten, beeindruckend großzügigen Landschaft. Schon wenn der Name Boldenshagen bei uns genannt wurde, breitete sich ein Lächeln in seinem Gesicht aus und er erzählte von seinen jährlich wiederkehrenden sechswöchigen Sommerferien bei seiner Omi. Ferien auf dem Bauernhof bereits in den 50-er Jahren, von den Dorfkindern sehnlichst erwartet. Unbeschwertes Spielen bis in die Dunkelheit und erst die rufende Stimme der Mutter holte ihn ins Haus. Auch in seiner Familie gab es eine Flucht. Der Vater, Willi senior, stammte aus dem Rheinland und hatte während des Krieges in einem Ernteeinsatz seine Grete auf deren Feld gefunden. Er wollte eigentlich nach dem »Endsieg« in den landwirtschaftlichen Betrieb einsteigen, aber tragischerweise wurde sein jüngerer Bruder Hermann, der den elterlichen Baubetrieb in Oberhausen übernehmen sollte, von Tieffliegern erschossen. Er folgte dem Drängen des Vaters und beantragte 1949 die Ausreise für sich, seine Frau, dem kleinen Willi und der noch kleineren Anneliese.

Natürlich war nicht nur der väterliche Ruf, sondern auch die von der sozialistischen Regierung verhängten Sanktionen für die noch selbstständig wirtschaftenden Landwirte, der Grund für die Ausreise. Grete folgte ihrem Mann nur zu bereitwillig, denn es winkte ein Leben in der Stadt, kein Aufstehen mehr mit dem ersten Hahnenschrei, ohne Bangen, ob das Heu noch trocken geborgen werden konnte; nicht mehr von Wind und Wetter abhängig zu sein.

Die Omi blieb zurück, bekam in ihrem Haus ein Zimmer zugewiesen und bezog fortan eine winzige Rente, um zu überleben. Aber trotz aller Widrigkeiten zog, jedes Jahr im Sommer eine kleine Karawane, bestehend aus jetzt drei Kindern und einer Frau vom Kröpeliner Bahnhof Richtung Boldenshagen. Unterwegs, am Hause Schröder wurde haltgemacht und von den Bewohnern aufs Herzlichste begrüßt. Frau Schröder bat sie ins Haus, brühte für jeden eine Tasse vom mitgebrachten Bohnenkaffee auf und man tauschte die neusten Begebenheiten aus. Sie waren für sechs Wochen wieder zuhause.

Von Süd nach Nord

1953 flohen meine Eltern aus Sachsen-Anhalt in den Westen in eine neue, unbekannte Welt. Alles zurücklassend, mit nichts als zwei großen Koffern, zwei kleinen Kindern, 3- und 4-jährig und einem grenzenlosen Vertrauen in die Zukunft. Ihre erste Bleibe war für mehrere Monate ein Lager in Baden-Württemberg, bis man ihnen eine Wohnung in einem nahe gelegenen Dorf zuwies, in der ich das trübe Januarlicht im Jahr 1954 erblickte. Für mich und meine Geschwister war es ein wunderbarer Ort zu leben und wir merkten nichts von den Nöten unserer Eltern, so viele hungrige Mäuler in der immer noch schlechten Zeit stopfen zu müssen. Wir Kinder und unser Hund liebten die Ausflüge an einen Seitenarm des alten Rheins, planschten nach Herzenslust in einer seichten Badebucht und rekelten uns auf Decken in der warmen Sonne. Die mitgebrachten Schnitten und die Kanne Tee wurden ausgepackt und mit Genuss verzehrt. Dass die Not erfinderisch macht, ist sicher jedem bekannt und mein Vater war erfinderisch. Häufig gingen wir an den Wochenenden in die Weinberge um Schnecken zu sammeln, die er an ein Restaurant lieferte. Es sicherte uns ein kleines Nebeneinkommen, mit dem winzige Extrawünsche erfüllt werden konnten. Ich erinnere mich noch genau an so einen Schneckensamstag. Die Eimer konnten am Abend aus irgendeinem Grund nicht abgeliefert werden und lagerten in unserer Küche zwischen. Am nächsten Morgen hatten sich die schleimigen Hausträger verselbstständigt, den lose auf den

Eimer gelegten Deckel hochgehoben und sich gleichmäßig über den Boden und die wenigen Möbel, die wir besaßen, verteilt. Mutter Traudel betrat die Küche, um für uns das Frühstück zu machen. Sie spürte, dass es unter ihrem rechten Hausschuh knirschte und ein unangenehmes Gefühl das Bein hinauf kroch. Ein verzweifeltes »Herbert« scholl durch die Wohnung, als sie sah, was geschehen war. Ich fürchte, sie war einem Nervenzusammenbruch ganz nahe. Völlig aufgelöst holte sie uns aus den Betten, damit wir die Tiere wieder einsammeln halfen, und Vater Herbert blieb keine Frist mehr: Er musste die Schnecken an ihren Bestimmungsort bringen. Seit diesem Tag wurden unsere Besuche in den Weinbergen weniger.

Leider schlugen die Eltern auch in meinem Geburtsort keine dauerhaften Wurzeln, denn im Dorf herrschte der »wahre Glaube« und der hatte etwas gegen uns. Wieder packten meine Eltern uns Kinder und ihre Sachen ein, um ein neues Zuhause zu suchen und zu finden. »Als Zigeuner waren sie gekommen und mit einem Auto fahren sie wieder«, rief man uns nach.

Es war ein *Renault Dauphine* mit einer mir unbekannten Nutzlast, ich weiß aber trotzdem, wie viel in dieses Auto passte. Ganz genau vier Kinder und ein Schäferhund hinten und zwei Erwachsene vorn, das weiß ich sicher, denn so sind wir von *Oberschopfheim* im Badischen nach *Legan* in Schleswig-Holstein gezogen. Wir Kinder auf dem Rücksitz und *Dina* der Schäferhund zu unseren Füssen. Irgendwann drückte der Tunnel im Fußraum Dina wohl so sehr, dass sie sich einfach mit auf die Rückbank drängte, beziehungsweise sich quer auf unsere Beine legte. Wie sollten wir Platz schaffen, wenn keiner da war. Meine kleinste Schwester Carola wurde von einem Schoß zum anderen gereicht, aber der Platz reichte trotzdem nicht aus. Ich vermutete, dass Dina in der kurzen Zeit einfach gewachsen war, denn auch nachdem meine Mutter die Kleinste mit nach vorne genommen hatte, war nicht mehr Platz. Zanken, weinen, knuffen, nur die Androhung meines Vaters mit uns mitmachen zu wollen, hielt uns im Zaum und ließ uns durchhalten. Was für eine Zerreißprobe für die Nerven der Eltern! Fast tausend Kilometer mit so einer Fracht.

Alte Heimat

Mit den Gedanken wieder in der Gegenwart, holte ich Brot, Butter, Wurst und Käse aus dem Kühlschrank, schnitt Tomaten und Gurken in Scheiben, kochte Tee, deckte den Tisch und rief unsere Kinder Tobias und Annika aus ihren Zimmern. Thorsten, Sohn aus erster Ehe meines Mannes war bereits 20 Jahre, hatte gerade seine Lehre als Elektriker abgeschlossen und war noch unterwegs, er würde erst am Wochenende nach Hause kommen. Tobias kam die Wendeltreppe heruntergehüpft und setzte sich auf seinen Platz. »Ich möchte aber Nutella aufs Brot«, forderte er, und zum wiederholten Male entgegnete ich, dass es dieses süße Zeug nur zum Frühstück gäbe. Seinen blonden Schopf wuschelnd forderte ich ihn auf, seine Hände waschen zu gehen, und blickte ihm nachdenklich nach. Dieser unbeschwerte Junge, was für ein Glück er hat, in einer freien Gesellschaft aufwachsen zu dürfen. Er wird es, wenn er erwachsen ist, hoffentlich zu schätzen wissen. Ich drehte mich um und sah unsere kleine 4-jährige Tochter Annika, ihre Puppe fest an die Brust drückend, Stufe für Stufe die Treppe heruntertapsen. Ich nahm sie lächelnd in die Arme und drückte einen Kuss auf ihren Scheitel. Sie hatte sich eine Nagelschere stibitzt und in einem unbeobachteten Moment ihren Pony geschnitten und nun stellenweise kahle, stoppelige Stellen über ihrer Stirn. Auch sie schickte ich ins Bad und wartete derweil ungeduldig auf das Kommen meines Mannes. Durch das große Fenster in der Essdiele, das ehemals ein wagenbreites Dielentor war, hielt ich nach ihm Ausschau. Wir bewohnten ein wunderschönes Reetdachhaus in Todenbüttel, einer 1000 Seelen-Gemeinde im Herzen Schleswig-Holsteins, das 1666 als Büdnerei erbaut wurde, rund 20 Jahre nach dem Dreißigjähren Krieg. Staunend hörten die Kinder zu, wenn ich ihnen erzählte, dass zu der Zeit noch Landsknechte, mit Hellebarden und Schwertern bewaffnet durch die Gegend streiften und die Menschen in Angst und Schrecken versetzten. Es war ein typisches Holsteiner Ständerhaus mit einem fast bis auf den Boden heruntergezogenen Dach, als wollte es sich vor den wirren Ereignissen der Welt ducken und verstecken. Die Jahrhunderte und der stete Westwind hatten das Gebäude einen halben Meter aus dem Lot gedrückt und wir mussten es abstützen, damit es bei den Umbauarbeiten nicht einstürzte. Wie viel Liebe zum Detail, Geld und Schweiß hatten wir in dieses Haus gesteckt, ging es mir durch den Kopf. Mein Vater war Tischler und baute uns eine Wendeltreppe aus feinstem Mahagoni, fertigte alle Außen- und Innentüren und verglaste das große Dielentor, was dem Haus nicht nur ein besonderes Aussehen verlieh, sondern auch das ganze Esszimmer in morgendliches Sonnenlicht tauchte. Ein großer Kamin im Wohnzimmer spendete im Winter Wärme und Behaglichkeit.

Maurermeister Willi senior, mein Schwiegervater, erweiterte unser Haus um eine Wohneinheit für sich und Oma Grete und fortan lebten wir in einer sich ergänzenden Großfamilie. Opa Willi fungierte als Ersatzfahrer in meinem Taxiunternehmen, Oma Grete achtete bei Bedarf auf die Kinder und Willi und ich sorgten dafür, dass Haus und Garten in Ordnung gehalten wurden. Dazu gehörte auch mein Gemüsegarten, in dem ich täglich hackte, pflanzte, schnitt und erntete, je nach Jahreszeit. Ich zog Erbsen, Möhren, Zwiebeln, Porree und alle möglichen Kohlsorten, um gesundes Gemüse zu ernten. Leuchtende Sommerblumen säumten in Rabatten Wege und Ränder in denen Bienen und andere Insekten summten und brummten. Mein Garten war jedes Jahr eine einzige Pracht – meine Leidenschaft. An einem sonnigen Nachmittag beobachtete ich Thorsten, unseren 10-jährigen, wie er nachmittags den Weg in den Garten einschlug und sich bückte, um etwas aufzuheben. Er trat an die Brokkolipflanzen, bückte sich und schien etwas abzusetzen. »Was hast du denn da auf dem Weg gefunden«, fragte ich, als er ins Haus trat.

»Ach, ich hab nur eine Raupe in den Kohl gesetzt, damit sie nicht versehentlich zertreten wird«, entgegnete er ernsthaft. Wie sollte ich ihm erklären, dass Raupen im Gemüsegarten eigentlich unerwünscht waren?

Wo blieb er denn? Er musste doch jeden Moment da sein. Lauschend hielt ich inne und hörte, wie das Garagentor scheppernd geschlossen wurde. »Gleich wird er in der Tür stehen«, dachte ich und ging ihm entgegen, hakte mich bei ihm unter und musste mich beherrschen, um nicht vor Mitteilungsbedürfnis zu platzen. Die Kinder begrüßten ihren Vater beiläufig und erzählten mit vollem Mund ihre Erlebnisse des Tages. Ich wartete, bis die Kinder satt waren und sich ihren Spielsachen zuwandten, beziehungsweise den Fernseher einschalteten. Mein Moment war gekommen. »Wir bekommen Besuch«, begann ich. Das war bei uns eigentlich nichts Ungewöhnliches. Also erhöhte ich die Spannung, indem ich eine Pause einlegte.

»Ja, nun aber raus mit der Sprache, wer kommt denn?«, fragte mein Mann nicht gerade erwartungsvoll.

»Ninetta hat angerufen und wird wahrscheinlich übermorgen hier sein.«

Wieder machte ich eine Kunstpause und beobachtete seine Reaktion. In seinem Gesicht spiegelte sich Erstaunen wider und in seiner gemächlichen, abwartenden Art fragte er:

»Aha, und was will sie?«

Für einen Moment verschlug es mir die Sprache, aber dann sah ich ein Schmunzeln über sein Gesicht huschen. Ich knuffte ihn wegen seines hinterhältigen Scherzes und erzählte ihm das Wenige, was ich von meiner Cousine erfahren hatte.

»Nun geht es also los und die bucklige Verwandtschaft aus dem Osten überrennt uns«, bemerkte er trocken, erhob sich lachend und ging ins Wohnzimmer, um die Nachrichten einzuschalten. Ich räumte wie gewohnt den Tisch ab und setzte mich zu ihm. Seitdem über die Ereignisse im Osten berichtet wurde, war es auf den Straßen ruhiger als sonst, so als hielte die Welt den Atem an, was würde es heute Neues geben. Die Ära Honecker war vorbei und die Genossen um Egon Krenz versuchten vergeblich noch

23

immer, das Volk von der Richtigkeit des Sozialismus zu überzeugen. Die schweigend durch die Straßen ziehenden Menschen und die Kerzen lehrten sie etwas anderes.

Ein Lada hielt am Straßenrand. Ich lief zur Tür und öffnete sie. Was für ein Moment! Wir fielen einander in die Arme und die Rührung übermannte uns. Günther, der Lebensgefährte meiner Cousine und Jaqueline, ihre Tochter, standen etwas abseits und beobachten betreten die Szene.

»Kommt doch herein«, forderte ich sie auf, nahm ihnen ihre Jacken ab und schob sie in Richtung Essdiele.

»Sucht euch einen Platz, macht es euch bequem, ich mach‹ einen Kaffee, habt ihr Hunger?«, sprudelte es aus mir heraus und hantierte hektisch in der Küche herum. Als alles auf dem Tisch stand und ich mich endlich auch setzte, fingen sie an zu erzählen.

»Wochen vorher haben wir heimlich mit den engsten Freunden über den Verkauf unseres Hausstandes verhandelt, alles musste streng vertraulich sein, denn es war trotz der Demos immer noch Republikflucht.«

Ninetta holte tief Luft, strich sich eine Strähne ihres dunklen Haares mit ihren schlanken, gepflegten Händen aus dem Gesicht und fuhr fort.

»Die hätten uns eingesperrt, vielleicht das Kind weggenommen, wer weiß. Als wir alles geregelt hatten, setzten wir uns ins Auto und machten uns auf die Fahrt in Richtung tschechischer Grenze. Das Herz klopfte uns bis zum Hals. Es gab kein Zurück mehr, Freiheit oder Gefängnis. Schweiß rann mir den Rücken herunter, als wir uns dem Übergang Schönberg-Vojtano, an der DDR-ČSSR-Grenze näherten«, flüsterte sie. »Abgesprochen war, sollte der Grenzsoldat fragen, wohin die Reise ginge, dass wir die Mutter in Franzensbad besuchen wollten. Ich werde die Angst mein Lebtag nicht mehr vergessen«, sagte meine Cousine, schlug die Hände vor das Gesicht und schüttelte den Kopf.

»Aber es geschah nichts«, Erstaunen schwang in ihrer Stimme mit. »Sie ließen uns nach der Ausweiskontrolle einfach durch. Weiter, weiter nun in Richtung westdeutsche Grenze. Wir umfuhren Franzensbad und hielten auf den nächsten Übergang zu, Schirnding, Richtung Bayreuth. Keiner wagte, einen Mucks von sich zu geben. Konzentriert fuhr Günther Richtung Westen und plötzlich fing ich hysterisch an zu kichern, denn mir fiel der alte Witz ein, dessen Pointe lautete: ›der letzte, der die DDR verlässt, macht das Licht aus.‹ Meine Nerven waren bis zum Zerreißen gespannt. Ein Kloß bildete sich in meinem Hals und drohte mir die Luft abzudrücken«, wobei sie sich instinktiv an die Kehle griff.

Günther herrschte mich an, mich zusammen zu nehmen, und fuhr in die gleißende Helligkeit des Grenzüberganges. Vor uns eine Schlange Autos mit DDR-Kennzeichen und wir richteten uns auf eine lange Wartezeit ein. Erstaunlicherweise ging die Abfertigung zügig und eigenartigerweise wunderten wir uns überhaupt nicht darüber. Wir waren einfach drüben und wurden dort von den Grenzbeamten der Bundesrepublik in Empfang genommen. An weitere Einzelheiten kann ich mich eigentlich gar nicht mehr erinnern, ich weiß nur noch, dass ich meine Tränen nicht mehr zurückhalten konnte und Günther mich fest in den Armen hielt«, schloss Ninetta ihren Bericht.

Wir schwiegen, ich um das Gesagte zu erfassen. Die beiden versanken im Rückblick. Es gab eine Erklärung dafür, warum die Grenzen so »leicht« passierbar waren, die so lächerlich wie einfach war: Im Lada gab es kein Radio und keiner hatte vom Fall der Mauer und der Öffnung der Grenzen gehört.

Vorbereitungen

»Nichts blieb so, wie es war, weder für die Menschen drüben, noch für uns. Am Tage der Wiedervereinigung eröffnet meine Schwiegermutter uns ihren folgenschweren Entschluss, auf den Hof nach Boldenshagen, ihrem Geburtsort, ziehen zu wollen. Sprachlos schauten Willi und ich uns an. Meine Gedanken überschlugen sich, unser wohlgeordnetes Leben drohte durcheinanderzugeraten.

Ich atmete tief durch und wagte zu fragen: »Wie stellst du dir das denn vor? Auf dem Hof herrscht Wildnis, wo willst du wohnen, alleine, in deinem Alter, mit 68 Jahren, ohne Auto, der nächste Ort ist drei Kilometer entfernt, Feldweg, überall sich auflösende russische Verbände. Es ist dort doch nicht mehr so wie damals, als deine Mutter noch lebte und du mit den Kindern in Urlaub warst.«

Nichts von dem, was ich anführte, schreckte sie oder ließ ihren Entschluss wanken. Still vor sich hin lächelnd saß sie in ihrem Schaukelstuhl und wippte vor und zurück.

Nun hatten wir ein richtiges Problem, dachte ich. Seit zehn Jahren lebten wir unter einem Dach, zwar in getrennten Wohnungen und mit getrennter Haushaltsführung, aber doch miteinander. In diesen Jahren waren Abhängigkeiten entstanden, natürlich mehr von unserer Seite als von der meiner Schwiegereltern. Willi senior war mein unentbehrlicher Ersatzmann im Geschäft, der galante ältere Herr, der bei einer Taxifahrt zum Facharzt den Damen schon mal ein Döckchen Garn während der Wartezeit besorgte oder sie in ein Café einlud, dachte ich verzweifelt. Wer sollte ihn versorgen, den alten Pascha, ich doch nicht, nicht jetzt schon. Er wollte nicht mit in den Osten ziehen, er fühlte sich wohl in unserer Gemeinschaft und in unserem Dorf, genau wie wir. Wir waren fertig, hatten ein wunderschönes Haus, und unser gutes Auskommen, waren im Tennisverein und respektierte Mitglieder der Gemeinde, die Kinder hatten ihre Freunde. Alles stand plötzlich infrage, nur weil Oma Grete in den Osten wollte.

Meine Schwiegermutter, diese stille, gottesfürchtige Frau, unauffällig, immer bescheiden und am glücklichsten im Garten, zwischen Kartoffeln und Spargel, wollte uns verlassen und ohne ihren Mann gehen. Na gut dachte ich entschlossen, nichts wird so heiß gegessen, wie es gekocht wird. Wer sagte denn, dass Oma Gretes Plan umgesetzt werden konnte? Ein Hauch von Hoffnung stiegt in mir auf.

Am nächsten Tag besuchte ich sie in Ihrer Wohnung und fragte sie vielleicht etwas scheinheilig, ob noch irgendwelche Unterlagen vom Hof existierten. Zielsicher ging sie an ihren Schreibtisch, holte einen braunen Papphefter hervor und drückte ihn mir in die Hand.

»Hier, schau dir das mal an, das sind die Dokumente, die mir meine Mutter kurz vor ihrem Tod während ihres letzten Besuches bei uns in Oberhausen gegeben hat. Ich bin die einzige Erbin des Hofes dank meiner Cousine Irene. Die hat darauf gedrungen, mich ins Grundbuch eintragen zu lassen, nachdem wir wussten, dass

Hans und Wilhelm, meine Brüder, nicht mehr aus dem Krieg kommen würden.«

Sich in ihrem Sessel zurücklehnend schaute sie gedankenverloren aus dem Fenster. Irgendwie hatte ich das Gefühl, entlassen worden zu sein und wandte mich zum Gehen, nicht ohne mich vorher noch einmal zu vergewissern, ob sie es wirklich ernst meinte, mit ihrem Vorhaben. Wieder in meiner Wohnung angekommen, ließ ich mich schwer an meinem Schreibtisch nieder und schlug den Hefter auf. Vergilbte, mit einer Schreibmaschine, vielleicht einer *Erika*, geschriebene und mit dicken Amtssiegeln versehene Blätter lagen vor mir im Schein der kleinen grünen Tischlampe. Das kleine E hätte gereinigt werden müssen, ging es mir absurderweise durch den Kopf. Ich hielt den Pachtvertrag zwischen Martha Seyer, Willis Großmutter, und dem Rat des Kreises Bad Doberan, geschlossen am 11. Juli 1968 in den Händen. Er sicherte ihr einen monatlichen Pachtzins in Höhe von 285,00 Mark zu, gerade genug zum Überleben. Rente bezog sie nicht, denn Beitragspflicht galt nur für Arbeiter, nicht für Bauern, der Hof war Versicherung genug, und sollte für die Versorgung von zwei Generationen ausreichen. Es geschah nicht zum ersten Mal in der Geschichte, dass eine Regierung Lebensgrundlagen für ganze Gesellschaftsschichten zerstörte.
Zwar fielen die Bauern nicht der Aktion Rose zum Opfer, davon waren Hotels und Dienstleistungsunternehmen betroffen, aber sie wurden in die LPG gezwungen und man »erlaubte« ihnen einen Arbeitsplatz auf ihrem eigenen Hof einzunehmen, nicht etwa aus Mitleid, nein, ihr Wissen wurde

gebraucht. Eine alte Frau hingegen brauchte man nicht mehr und die Verbannung vom Hof war bereits beschlossene Sache, es musste der 17. Juni 1953 gewesen sein, der sie davor bewahrte. Die mutigen Proteste der Bevölkerung im Osten gegen Repressionen, Verschlechterung der Lebensumstände und Engpässe in der Versorgung der Bevölkerung, zwangen die Politiker unter Walter Ulbricht Zugeständnisse zu machen. Martha bezog ein Zimmer in ihrem eigenen Haus und bekam ein Außenklo zugewiesen, während wildfremde Menschen, allerdings ebenso mittellos wie sie, sich die anderen Räume teilten.

Ich blätterte weiter, Nutzungsvertrag zwischen dem Rat des Kreises Bad Doberan und der LPG »Kühlung« über die Flächen der Martha Seyer, Flurstücke 11, 12, 13 und 78 in der Gemarkung Boldenshagen. Gültige Verträge. Wie war es formuliert? »Der Vertrag verlängert sich automatisch um ein Jahr, wenn keine Kündigung seitens einer Vertragspartei erfolgt.«

Ich stand auf und machte mir einen Kaffee. Mein Blick fiel nach draußen, es war schon wieder dunkel, Januardunkelheit, und die Straßenlaterne vorm Haus warf ihren gelblichen Schein auf die feuchte Straße. Mein Geburtstag stand bevor und in der Vergangenheit überkam mich an dem Tag immer ein Gefühl der Erneuerung. »Ob es in diesem Jahr auch so sein wird?« Zweifel kamen auf. Der Kaffee war fertig und ich kehrte an meinen Schreibtisch zurück. Nein, ich war kein Feigling, aber wofür gab ich unseren Wohlstand auf, für eine ungewisse Zukunft im Osten? Unsere Kinder, durften wir ihnen das zumuten?

Ich schob die Gedanken beiseite und spannte zwei Bögen Schreibmaschinenpapier mit Kohlebogen dazwischen in meine Schreibmaschine, eine *Olympia*.

```
Betreff:
Kündigung des Pachtvertrages Nr. 230 vom 11.
Juli 1968 geschlossen zwischen Martha Seyer,
wohnhaft in Boldenshagen und dem Rat des
Kreises

Sehr geehrte Damen und Herren,
hiermit löse ich, Grete Roßmann, Tochter und
Erbin von Martha Seyer, den oben genannten
Pachtvertrag zum nächstmöglichen Zeitpunkt
auf und bitte um baldige Beantwortung meines
Schreibens.
Hochachtungsvoll
Grete Roßmann
```

Mit gemischten Gefühlen steckte ich den Brief in einen Umschlag, versah ihn mit einer hoffentlich richtigen Adresse, frankierte ihn ausreichend und brachte ihn schweren Herzens zum Postkasten. Vierzehn Tage später hielt ich die Bestätigung in den Händen.

```
Sehr geehrte Frau Roßmann,
wir bestätigen hiermit den Eingang Ihres
Kündigungsschreibens und teilen Ihnen mit,
daß sie nach Beendigung der Vegetations-
periode wieder über Ihre Flächen verfügen
können.
Hochachtungsvoll
```

Der Familienrat musste tagen, es führte kein Weg daran vorbei.

»Leg Deine Sachen ab und setzt dich erst einmal, begrüße ich Thorsten, den Großen, ich mach gleich etwas für uns zu essen. Bring‹ deine schmutzige Wäsche zwischenzeitlich in die Waschküche, ich kümmere mich später darum«, bat ich ihn. Er war zum Wochenende nach Hause gekommen und die Gelegenheit war günstig, um unsere Situation mit ihm zu erörtern. Er war 20 Jahre alt, Tobias 10 und Annika 4 Jahre. Willi 48 und ich 37 Jahre alt. Wir tagten nicht lange, für Thorsten stand von Anfang an fest, er bieb im Ort, er hatte eine Freundin und die war ihm wichtiger.

Tobias wollte auch nicht. »Gibt es da überhaupt Straßen, auf denen ich Skateboard fahren kann«, fragte er zornig. Viele Jahre später fand ich einen Schulaufsatz von ihm, in dem er unseren Umzug als schlimmstes Erlebnis seines jungen Lebens ansah und aus Protest sich eine Schachtel Zigaretten kaufte.

»Die Menschen leben dort nicht auf dem Baum, und selbstverständlich gibt es Straßen, du kommst mit und wirst neue Freunde in der Schule finden«, stellte ich mit einer Stimme fest, die keine Widerrede duldete. Oma Grete hatte ihren Standpunkt bereits dargelegt und bekräftigt. Und mein Mann? Er wollte genau wie seine Mutter, und ich entschied mich ebenfalls dafür, denn dadurch war mein Schwiegervater gezwungen ebenfalls umzusiedeln. Bei dem Gedanken an das Abenteuer durchfuhr mich ein Kribbeln bei der Vorstellung, etwas ganz Neues zu schaffen und aufzubauen. Abgemacht, wir machten rüber.

Es war der 27. Januar 1990 und wir feierten Michaels Geburtstag. Er war ein naher Freund und Arbeitgeber unseres großen Sohnes. Auch hier drehten sich die Gespräche, um die Öffnung der Grenze und unseren Plan nach drüben zu ziehen. Unsere Freunde waren geschockt, versuchten uns zu überreden dazubleiben, meinten, wir hätten uns das nicht richtig überlegt, dass es unser Ruin sein könnte. »Übermorgen räume ich meinen Werkstattwagen aus und wer Lust hat, kommt mit nach drüben, wollen mal sehen, wohin ihr zieht und ob wir das überhaupt zulassen können«, verkündete Michael in weinseliger Stimmung. Schnell waren drei weitere Interessenten gefunden und wir legten den Abreisetermin auf Freitag, den 2. Februar fest. Willi und ich besorgten die Unterkunft, Michael und Inge stellten den Werkstattbus und den Proviant, denn wir rechneten nicht damit, unterwegs eine Gaststätte zu finden, Wilhelm und Helga, langjährige gute Bekannte, waren für die Spirituosen zuständig. Hannes, ebenfalls ein Freund, fuhr mit seinem eigenen Wagen, einem Mercedes. Das machte Eindruck.

Schnell war alles eingepackt und unter Gelächter und ausgelassenem Herumalbern ging die Reise los.
»Wo müssen wir uns wohl melden um die 100 Mark Begrüßungsgeld abzuholen«, witzelt Michael, »shoppen gehen und Tennis spielen wird

wohl auch in nächster Zeit schwierig werden«, überlegte Inge laut, »Schreib mir, wenn ich euch ein Carepaket schicken soll. Wir können auch für euch sammeln gehen«, legte Wilhelm nach.

In Lübeck passierten wir die Grenzanlagen und eine beklommene Stimmung machte sich breit, die auch anhielt, als wir den Todesstreifen passierten und durch die 5 km Sicherheitszone fuhren. Mir fiel keine einfache, für Tobias verständliche Erklärung auf seine Frage ein, warum die hohe kilometerlange Mauer und der undurchlässige Zaun an der Lübecker Bucht, entlang bis Dassow gebaut worden war.

»Ich hab Hunger«, meldete sich Annika zu Wort und plötzlich regte sich auch bei uns der Appetit. Wie erwartet, gab es nur eine völlig überfüllte Mitropa-Raststätte, die wir mieden. Wir bogen in einen Feldweg ein, packten unser Picknick aus und griffen herzhaft zu.

Willi fuhr sich mit der Serviette über den Mund und erzählte, dass wer im Interzonenzug zu Besuch in den Osten oder umgekehrt in den Westen fuhr, erst nachdem die Pass-, Personen- und Gepäckkontrollen erledigt und die Grenze passiert waren, die Reisenden erleichtert ihre Schnittchen und Thermosflaschen mit Kaffee oder Tee auspackten.

In Kröpelin angekommen, machte Willi uns darauf aufmerksam, dass hier die einzige versenkbare Mühle Mecklenburg-Vorpommerns stand. Annelie und Konrad, unsere Freunde im Osten, begrüßten uns aufs Herzlichste und schenkten uns erst einmal zur Begrüßung einen lütten Schluck ein, bevor sie uns zu unserer Unterkunft brachten, dem Gutshaus Dannebord. Bis zur Wende Ferienunterkunft für polnische und russische Kinder, bewirtschaftet vom ehemaligen Schiffskoch Udo und seiner Frau Katrin. Es war das ehemalige Herrenhaus der Familie Schellhas, die bis zur Enteignung durch die Kommunisten auf ihren 330 ha ackerten. Die schönsten und größten Zimmer hatten sie uns hergerichtet, so gut es eben ging, in einer Jugendherberge. Was für ein herzlicher Empfang. Udo zog alle Register der Kochkunst und zauberte in seiner Küche, was das Zeug hielt. Zum Frühstück servierte er uns bereits köstliche kleine Koteletts, die von Schweinen eines privaten Züchters stammen mussten, denn diesen Geschmack gab es in keinem Geschäft zu kaufen. Tagsüber machten wir Ausflüge in die Umgebung und abends kehrten wir in unsere herrschaftliche Herberge zurück, um das Gesehene zu diskutieren und auszuwerten. Wir erzählten, dass 1980 Opa Willis 60-ter Geburtstag im Kröpeliner Gesellschaftshaus mit der ganzen Verwandtschaft gefeiert wurde und Willi und ich die Gelegenheit nutzten, um uns den Hof anzusehen, wir waren also auf den baulichen Zustand des abgelegenen Bauernhofes vorbereitet. Unsere Begleiter nicht, sie waren schockiert.

»Hier wollt ihr eure Zelte aufschlagen«, fragte man uns entgeistert.

»Na ja, wenn erst einmal aufgeräumt ist, dann sieht alles ganz anders aus und wenn die Sonne scheint und wieder Blätter an den Bäumen sind«, entgegneten wir kleinlaut und nun doch etwas verunsichert. Dass es so schlimm aussah, damit hatten wir auch nicht gerechnet. Alte Autos, eine meterhohe Müllkippe zwischen den Bäumen, ein Kohlenberg mitten auf dem Hof, die Fensterscheiben fehlten in allen Stallgebäuden, Schlamm bis an die Knöchel und Unkraut bis zur Hüfte. Das triste, graue Wetter ließ alles noch trostloser erscheinen, es war eben Februar. Ich fand, in solchen Situationen half eigentlich nur, etwas zu essen und zu trinken.

»Einsteigen, wir fahren jetzt nach Kühlungsborn, da finden wir bestimmt eine Gaststätte, in der wir unserem Unternehmungsgeist wieder Nahrung geben können.«

In Dietrichshagen, einem Nachbarort unseres zukünftigen Zuhauses, preschte von links ein Pferdegespann heran, auf dessen Wagen ein Mann aufrecht stehend energisch seine Rösser an die Kandare nahm, um uns Vorfahrt zu gewähren. Ben Hur lässt grüßen, kam es trocken von der hinteren Sitzbank. Zwei Jahre später lernten wir den Herren namens Heinrich kennen, Oberhaupt eines mecklenburgischen Familienclans. Unsere Wege sollten sich in Zukunft immer wieder kreuzen.

Wir fuhren quer durch die Kühlung. Ich hatte mir von Fachleuten sagen lassen, dass es sich um eine eiszeitliche Endmoräne handelte, der Volksmund aber behauptete, dass zwei Riesen die Ostsee zuschütten wollten. Als ihnen aber klar wurde wie groß der »See« war, verloren sie die Lust, ließen die Steine und die mitgebrachte Erde fallen und zogen von dannen. Mächtige, Jahrhunderte alte Buchen recken nun ihre Äste in den Himmel und viele Sagen und Legenden rankten sich um diesen dicht bewaldeten Höhenrücken. Die in der Landschaft verstreut liegenden Großstein- und Hügelgräber sind Zeugnisse einer versunkenen Kultur und man fragt sich noch heute, wie diese gigantischen Steine ohne Kran übereinandergelegt werden konnten. Wir hatten den Eindruck, in die Vergangenheit gefahren zu sein. Aber nein, wir fuhren nach Kühlungsborn, beliebter und begehrter Ferienort, für alle in der ehemaligen DDR lebenden Bürger. Vor uns fuhr ein ockerfarbener, stinkender Trabbi, der mit gewagter Geschwindigkeit die Serpentinen durch die Kühlung zur Ostsee hinunterknatterte. Plötzlich, wie durch Zauberhand öffnete sich der Wald und vor uns lag die Ostsee, zwar nicht im Sonnenglanz, aber doch in ihrer einmaligen Schönheit und da war ich mir plötzlich sicher, hier wollte ich sein. Im Auto war es still, als ob meine Reisegenossen ebenfalls die Erhabenheit des Augenblicks empfanden.

Unvorhergesehenes

Es war Freitag und ich ging wie jede Woche den kurzen Weg zu meinen Eltern, die ebenfalls in Todenbüttel wohnten. Mein Vater wartete schon auf mich mit dem obligatorischen Fläschchen Johannisbeerlikör, das wir im Laufe des Abends leerten. Ein Ritual, das wir seit Jahren pflegten, fester Bestandteil in meinem und im Leben meiner Eltern. Wie würden sie es auffassen? Die letzte Tochter wollte sie verlassen. Wer würde sich um sie im Alter kümmern?

Schon wieder stellte ich mir diese Frage. Haben meine vier Geschwister nicht auch alle ihren Teil bekommen? Hatten die Eltern nicht allen geholfen, die Häuser zu bauen oder zu renovieren? Mein Herz war schwer und mein Gewissen nicht ganz rein. Ich klingelte und meine Mutter öffnete mit einem Lächeln die Haustür.

»Komm rein«, forderte sie mich auf und wir drückten uns gegenseitig ein Küsschen auf die Wangen. Mein Vater saß wie immer auf dem eigentlich zu tiefen Sofa. Er erhob sich nicht, als ich eintrat, brauchte er auch nicht, er war der Vater, also ging ich zu ihm hin, bückte mich und begrüßte ihn.

Wir tauschten die üblichen Neuigkeiten aus und wandten uns dem Thema zu, das alle zur Zeit bewegte: die Grenzöffnung und die Unterbringung Ninettas samt Familie in unserem Häuschen.

Die Flasche ging zur Neige und ich rückte endlich, wider Willen mit der Sprache heraus.

»Wir wollen in den Osten ziehen«, kam es mir schwer über die Lippen und ich vermied es, ihnen in die Augen zu schauen. Nach einer gefühlten Ewigkeit richtete ich meinen Blick auf sie und fühlte sie mehr, als dass ich sie sah, die Betroffenheit in ihren Gesichtern.

Mein Vater fasste sich zuerst, räusperte sich und meinte mit einer ausholenden Geste seines rechten Armes, dessen Unterarm er auf tragische Weise durch einen Arbeitsunfall verloren hatte: »Wenn ihr meint, dort glücklich werden zu können, dann müsst ihr wohl gehen.« Mutters Augen schwammen in Tränen. In gedrückter Stimmung erörterten wir das Wann und Wie, bis es für mich Zeit war, nach Hause zu gehen.

Mein Vater war zeit seines Lebens als Tischler tätig, hatte für uns ein Haus gebaut, alles mit einer Hand und ohne sein Schicksal zu beklagen. Im Gegenteil, er steckte voller Frohsinn und Eifer, zeigte allen, dass Beruf und Alltag auch mit einer Behinderung zu meistern war. Ich bewunderte seine Willensstärke, seine Bereitschaft immer wieder etwas Neues zu lernen und auszuprobieren, allerdings war er manchmal auch peinlich. Wie wohl alle Eltern ihren Kindern ab und zu peinlich sind. Würden sie ohne mich zurechtkommen?

Das Wann und Wie unserer Umsiedlung richtete sich nach dem Verkauf unserer Häuser, woher sonst sollte das Geld für die Renovierungsarbeiten auch kommen. Wir schalteten einen Makler ein und es dauerte etwa ein halbes Jahr, bis wir Käufer gefunden hatten.

Ich lief durch das Haus und gab letzte Anweisungen, was noch in welches Auto gepackt werden sollte, denn am nächsten Morgen sollte unser Hausrat in unsere neue vorübergehende Unterkunft gebracht werden. Die Kinder waren nebenan in der Wohnung der Schwiegereltern, die ebenfalls auf den Koffern saßen. Nur noch eine Nacht in unserem Haus.

Schwägerin Anne und Schwager Alfred waren gekommen, um beim Umzug zu helfen. Alfred, der so stolz auf seine hugenottischen Wurzeln und sein Verhandlungsgeschick bei Einkäufen jeglicher Art ist, seine Frau Anne, unsere Kinder, meine Schwiegereltern, Willi und ich saßen ein letztes Mal in unserer Küche beisammen und ließen den Abend ausklingen, indem wir uns Geschichten erzählen.

»Wenn ich daran denke, wie wir versucht haben, die Dachzwischenräume hier in diesem Haus mit losem Styropor zu isolieren«, fing Willi kopfschüttelnd an zu erzählen.

»Landläufig heißt es ja, ein Reetdachhaus ist im Sommer kühl und im Winter warm, also kamen wir überhaupt nicht auf die Idee, eine zusätzliche Wärmedämmung einzubauen. Durch die extrem schiefen Wände waren wir gezwungen einen Raum im Raum zu bauen, wodurch ziemlich große Hohlräume entstanden.«

»Bei windigem Wetter wehte uns im Schlafzimmer immer eine frische Brise um die Nase, was im Sommer erfrischend, aber im Winter doch auf Dauer zu kalt war. Wir beschlossen also, uns eine LKW-Ladung granuliertes Styropor kommen zu lassen, schleppten die großen, unhandlichen Säcke in das obere Geschoss, brachten sie auf den Spitzboden und verfüllten die Hohlräume. Wunderbar, ging ganz einfach und nirgends zog es mehr. Das böse Erwachen kam mit dem nächsten Sturm.«

Willis Blick ging durch das Fenster nach draußen in die Dunkelheit.

»Iris und ich beobachteten, wie die Kinder sich auf dem Rasen wie Blätter vom Wind treiben ließen. Tobias hielt plötzlich inne und zeigte auf etwas an der Hausmauer. Er sah uns am Fenster stehen und winkte aufgeregt, wir sollten doch nach draußen kommen. Ohne eine Jacke überzuwerfen, traten wir vor die Tür. Der Wind zerrt an unseren Haaren und der Kleidung und wir sahen die Bescherung. Rund um das Haus wirbelte unser mühsam ins Haus getragene Styropor. Von einer dunklen Vorahnung getrieben rannten wir die Treppen hinauf und öffneten die Bodenluke, ohne auf den spürbaren Widerstand zu achten. Eine Lawine Granulat ergoss sich über uns und verteilte sich im Flur. Der Anblick, der sich uns dann bot, war atemberaubend, ein Schneegebirge hatte sich auf dem Boden gebildet. Überall war das weiße Zeug, nur nicht mehr da, wo es hingehörte.«

»Ich stand neben ihm auf der Treppe«, fiel ich ihm ins Wort, »und weiß noch genau, dass ich die ironische Frage stellte, ob er es nicht auch großartig findet, so ein Abenteuerhaus zu besitzen, das im Sommer kühl und im Winter warm ist?«

Wir hatten die Schlitze, durch die vormals der Wind in unser Schlafzimmer zog, vergessen von außen zuzustopfen, denn das Styropor stellte für die Zugluft kein Hindernis dar. Die Aufgabe der nächsten Tage würde es also sein, Schlitze und Löcher um das ganze Haus herum zustopfen, Hohlräume im Dach wieder verfüllen, Flure, Räume und Garten von dem fisseligen Zeug befreien.

Unsere Stimmung am Küchentisch war ausgelassen und Anne bat uns, doch noch einmal die Geschichte von dem Abend, an dem Cousine Sylvia beinahe einen Herzinfarkt bekommen hat, zu erzählen.
»Bevor ich damit anfange, bring ich erst mal die Kleine ins Bett, die fällt mir hier sonst noch vom Stängel«, erwiderte ich. Müde folgte Annika mir ins Bad und war froh, sich in ihre Decke kuscheln zu können.
»Also«, begann ich, »unser Haus war voller Besucher, es muss ein runder Geburtstag gewesen sein, denn zu den Gästen zählten auch Opas Willis Schwester Irmi, deren Mann Heinz und Tochter Sylvia aus München. Wir saßen wie jetzt in heimeliger Runde bei einem Glas Wein am Kamin und jeder erzählte eine ihm bekannte Spukgeschichte.
›Kennt ihr eigentlich die Geschichte vom Urgroßvater Wilhelm, der nach einer Sause auf dem Weg von Kröpelin nach Boldenshagen von einem Geist begleitet wurde?‹, meldete sich Oma Grete zu Wort.
›Nein Oma, kennen wir nicht‹, behaupteten wir, obwohl jeder von uns die Geschichte bereits gehört hatte.

›Ihr wisst vielleicht, dass euer Urgroßvater, oder Großvater Wilhelm gerne mal im *Raben* in Kröpelin einen trinken ging. Weil es vor über hundert Jahren aber noch keine Straßenlaternen an Landwegen gab, musste man es sich ganz genau überlegen, wie viel man trank. Entweder schaffte er es in der Abenddämmerung, nach Hause zu kommen, oder er musste warteten, bis der Mond aufgegangen war. Mancher hat auch im Straßengraben übernachten müssen, weil er in der Dunkelheit die Orientierung verloren hatte und kein Mondlicht den Weg wies.«

Ohne das es jemand bemerkte, hatte sich Flocki, unsere schwarze Perserkatze, zu uns in die Küche geschlichen und strich um unsere Beine. Meine Schwiegermutter beugte sich nach unten und nahm sie auf den Schoß. Behaglich schnurrend rollte sie sich zusammen und Oma Gretes Hände streichelten fast mechanisch das lange schwarze Fell.

»Ob es sich bei meinem Großvater auch so verhielt«, fuhr sie fort, »das weiß niemand genau, überliefert ist, dass er im Morgengrauen auf dem Landweg zwischen Kröpelin und Boldenshagen plötzlich eine Gestalt neben sich wahrnahm. Es soll ein französischer Soldat gewesen sein und nach eigener Aussage hat der Opa sich überhaupt nicht darüber gewundert, dass die Erscheinung sich etwa fünfzig Zentimeter unter dem Straßenniveau fortbewegte. An der Hofeinfahrt war sie dann plötzlich verschwunden.«

»War wohl ein Überlebender aus Napoleons Russlandfeldzug«, warf Alfred ein und wir lachten über die Widersinnigkeit.

»Viele Jahre später fand man bei Reinigungsarbeiten einen Säbel hier im Straßengraben. Ich glaube, der liegt noch irgendwo auf dem Dachboden«, schloss Grete ihre Geschichte.

Fröstelnd erhob sich Sylvia, um sich eine Jacke aus ihrem Zimmer zu holen. Sekunden später, nachdem sie das Zimmer verlassen hatte, drang ein markerschütternder Schrei durch das Haus und ließ uns aufspringen. Wir fanden sie auf der Türschwelle zum Nebenzimmer sitzend.

»Um Gottes willen, was ist denn jetzt passiert?«, fragte Anne, Willis Schwester, besorgt und beugte sich zu Silvia hinunter.

»Mich hat gerade ein Gespenst berührt«, flüsterte sie und rieb sich die Stirn.

»Ich hab‹ ganz vergessen, dass ich mein schwarzes Nachthemd hier an einen Haken in der Decke gehängt habe. Eben, als ich die Tür öffnete, spürte ich einen kalten Hauch und eine dunkle Gestalt schwebte auf mich zu. Es streifte mein Gesicht und schien mich umfassen zu wollen. So etwas Blödes, vom eigenen Nachthemd erschreckt zu werden«, seufzte sie.

Wir wechselten das Thema, um nicht noch weitere Schreckensmomente heraufzubeschwören.

Wir diskutierten noch einige Zeit, ob man im Kaufvertrag auf Mängel, wie nicht ganz fachgerechte Elektro- und Wasserinstallationen, hätte hinweisen müssen, kamen aber zu dem Schluss, dass gekauft wie gesehen sei, und hoben die Runde auf, um ein letztes Mal in diesem vertrauten Haus zu schlafen.

Ich meinte zu träumen, jemand rief meinen Namen, wie aus weiter Ferne drang es in mein Bewusstsein. Ich drehte mich im Bett um und wollte nicht hinhören, aber die Stimme blieb hartnäckig.

»Iris steh auf, es ist etwas passiert, deine Mutter ist am Telefon«, hörte ich meine Schwiegermutter rufen.

Schlagartig war ich hellwach und rüttelte an meinem Mann. »Willi komm, da muss etwas Schlimmes passiert sein. Meine Mutter ruft nicht wegen einer Lappalie mitten in der Nacht an«. Während ich aus dem Bett sprang und die Treppe hinunter zum Telefon hastete, stieg er in seine Kleider, um mir zu folgen. Atemlos griff ich zum Hörer und hörte nur ein Schluchzen.

»Komm schnell, der Vater«, brachte meine Mutter mit Mühe heraus, »er sitzt hier auf der Treppe, ich glaube, er lebt nicht mehr.« Meine Beine drohten einzuknicken. Der Vater tot? Unmöglich.

»Ich komme sofort«, flüsterte ich, legte den Hörer auf die Gabel und war schon wieder auf dem Weg ins Schlafzimmer um mich anzuziehen. Als ich in die Essdiele kam, erwarteten mich mein Mann und Alfred bereits mit dem Autoschlüssel in der Hand. Es war nur ein kurzer Weg zum Haus meiner Eltern. Wir fanden meine Mutter völlig hilflos und apathisch im Wohnzimmer sitzen. Ich umarmte sie und hoffte sie damit zu trösten, aber ich fürchtete, überhaupt nicht zu ihr durchgedrungen zu sein.

Wie alles im Leben so hat auch der Tod seine Regeln. Während ich den Hausarzt anrief, betteten die beiden Männer meinen Vater auf die Couch, sprachen ein »Vater-Unser« und versanken in Schweigen. Ein Gebet für meinen Vater, der Pastoren zeit seines Lebens als Pfaffen und Gesellschaftsschmarotzer bezeichnet hatte. Mich tröstete es, gab mir das Gefühl etwas Richtiges und Sinnvolles getan und der Hilflosigkeit Worte gegeben zu haben.

Der Arzt stellte einen Herzinfarkt als Todesursache fest, schrieb den Totenschein aus und eilte wieder nach Hause. Auch wenn er uns sein aufrichtiges Beileid aussprach, für ihn war es eine unbequeme Pflicht, die ihm den verdienten Nachtschlaf raubte.

Der neue Tag brach an. Geschwister anrufen, Gespräch mit dem Bestatter, Anzeige formulieren, Trauerbenachrichtigungen in Druck geben, Bank informieren und, und, und ... und umziehen, ungünstiger konnte der Zeitpunkt nicht sein, wenn bei einem Trauerfall überhaupt von günstig und ungünstig gesprochen werden kann. Irgendwie schafften wir es, dem Vater eine würdevolle Bestattung zu bereiten, Grete und Willi senior auf den Weg nach Boldenshagen zu bringen und unseren eigenen Umzug zu organisieren.

Ich verdrängte die Überlegung, ob die Todesursache eventuell im Zusammenhang mit unserer Entscheidung fortzuziehen stand. Natürlich tat sie das. Wenige Wochen nach unserer Entscheidung in den Osten zu ziehen, fuhr ich mit meinen Eltern nach Boldenshagen, um ihnen unser zukünftiges Zuhause zu zeigen. Schon auf dem Weg dorthin, im Wald zwischen Neubukow und der Abzweigung nach Kröpelin musste ich das Steuer übernehmen, weil dem Vater schwindelig wurde. Es waren wahrscheinlich die ersten Anzeichen, die wir nicht beachteten. Auf dem Hof angekommen, sah ich sein Unverständnis, aber auch das ignorierte ich, denn meine Entscheidung stand fest, es gab kein Zurück mehr. Um Absegnung heischend hakte ich mich bei ihm unter und erklärte ihm unsere Umbau- und Zukunftspläne, versuchte, ihn dafür zu begeistern, was in der Vergangenheit immer gelang, wenn es um gute handwerkliche Arbeit ging, diesmal lächelte er nur und sagte »Macht ihr mal.«

Die Gebäude sanieren, das Hofgelände zweckmäßig und ansehnlich gestalten, die 45 ha Ackerfläche bewirtschaften und einen Ponyhof für Kinder etablieren, das waren unsere Ziele, die wir in den nächsten Jahren erreichen wollten. Uns war von Anfang an klar, dass wir bei den auf dem Hof lebenden Bewohnern auf Konfrontation stoßen würden, denn der Einigungsvertrag sicherte ihnen ein Wohnrecht zu, was ja auch in Ordnung war. In meiner Blauäugigkeit war ich davon überzeugt, den Leuten eine entsprechende Wohnung besorgen zu können, aber leider war das nur ein frommer Wunsch, denn es herrschte im Sozialismus immer Wohnungsnot, was sollte sich in so kurzer Zeit geändert haben? Nun, Eile mit Weile, Oma Grete und Opa Willi hatten ja ihre Unterkunft und wenn ich daran denke, wie wir zu der gekommen sind, dann gibt es nur einen Begriff dafür: Wohnungsbesetzung. Willi suchte die Mieterin der kleinen, hinteren Wohnung bei ihrem Lebensgefährten auf, bat um den Schlüssel und teilte ihr mit, dass ab sofort die Wohnung nicht mehr ihr gehörte. Ohne Widerspruch händigte sie ihn aus und im Handumdrehen waren die Räume ausgeräumt, die Wände tapeziert und gestrichen. Für die rüde Vorgehensweise haben wir uns später bei Familie Kaufmann entschuldigt. Ich vermute aber, dass wir damit dem Glück nachgeholfen haben, denn kurze Zeit später gab es eine Hochzeit.

Unsere kleine Familie kam bei Konrad und Annelie unter, aber weil Besuch von Freunden bekanntlich auch irgendwann lästig wird, zogen wir zu unseren Nachbarn Jürgen und Margret, die sich freuten, ihre Ferienunterkunft langfristiger vermieten zu können. Nur wenige Urlauber kamen nach der Wende noch auf die Idee, Ferien an der Ostsee zu machen. Man reiste nach Italien, Spanien und Gott weiß wo hin, je weiter desto besser. Wir jedenfalls freuten uns, eine unserer Baustelle so nahegelegene Unterkunft bekommen zu haben.

Der Weg der Kinder führte zu den Großeltern über einen Feldweg, durch wildes Gelände und an dem Zuhause ihrer schnell gefundenen Freunde vorbei. Es gab so unendlich viel Neues für sie zu entdecken und zu erforschen, dass das Skateboard schnell vergessen war. Einzig unsere Katze fand das alles nicht so toll, vor allem die Fahrten zwischen Schleswig-Holstein und MV, die sich manchmal bis zu fünf Stunden hinzogen.

Sonntagabend, immer wenn wir die Heimreise antreten wollten, war sie verschwunden und es mussten alle Tricks angewendet werden, um sie einzufangen. Eines Tages, sie hatte das Spielchen drei, vier Wochenenden mitgemacht, mussten wir resigniert feststellen, dass sie nicht mehr auffindbar war.

»Meinst du, dass Flocki jetzt im Katzenhimmel ist«, fragte Annika mit großen, traurigen Augen.

»Ich glaube, sie hat sich nur versteckt, um nicht mehr Auto fahren zu müssen, vielleicht wird ihr schlecht davon, du jammerst doch auch immer. Bestimmt hat sie festgestellt, dass Oma und Opa jetzt auf dem Hof wohnen und notfalls, sollte es hier keine Mäuse mehr geben, was allerdings sehr unwahrscheinlich ist, ihr Futter hinstellen.«

Am Montagmorgen saß Flocki vor Oma Gretes Tür und begehrte Einlass, am Freitag schnurrte sie um unsere Beine und gehörte wieder wie selbstverständlich zu uns, um am Sonntagabend erneut unterzutauchen.

Mecklenburger

Die Zeit, in der wir zwischen Schleswig-Holstein und Mecklenburg-Vorpommern pendelten, war anstrengend und aufregend zugleich. Nur dadurch, dass ich Hausfrau war, konnten in der Woche die erforderlichen Einkäufe und Telefonate getätigt werden, um den Hof langsam in Schwung zu bringen und Baumaterialien für die Hausrenovierung zu besorgen.

Zu den spektakulärsten Einkäufen aber, die Willi und ich je tätigten, gehörte das Weizensaatgut. Unser Plan war, die Flächen, die wir von der LPG zurückgefordert hatten, mit Weizen anzusäen. Der Boden war dafür geeignet, Vorfrucht Mais, was eine gute Versorgung mit Nährstoffen wahrscheinlich sein ließ, da konnte nichts schief gehen, meinten wir.

»Na, ihr Ossis, habt ihr das erste Getreide ausgesät«, fragte Holger, ein alter Freund, den wir auf einem der selten gewordenen Spaziergänge durch unser altes Heimatdorf, im Spätherbst trafen.

»Wenn der Mais vom Feld ist«, entgegnete Willi, »aber das kann noch dauern, der Acker ist zu nass, um mit den großen Maschinen aufs Feld zu fahren. Ich weiß auch nicht genau, was wir jetzt machen sollen, die Saat ist eingekauft und eingelagert. Für den Weizen ist es zu spät, wenn der Mais geerntet ist, muss ja auch noch der Boden bearbeitet werden und dann ist Weihnachten.«

»Habt Ihr schon mal über die Alternative ›Braugerste‹ nachgedacht, ist ein Sommergetreide und Deutsche trinken immer Bier, damit gewinnt ihr Zeit, für die Bodenbearbeitung«, schlug Holger vor. Ein genialer Vorschlag, auch wenn noch einmal, diesmal Gerstensaat, gekauft werden musste. Die rund 100 Zentner Weizen auf dem Boden fraßen kein Brot und waren gegen Ungeziefer behandelt, sodass sie im folgenden Jahr noch verwendet werden konnte. Ja, und dann bewahrheitete sich wieder einmal das Sprichwort, dass die dümmsten Bauern die dicksten Kartoffeln haben. Im Dezember war endlich der Mais vom Acker und wir konnten im Frühjahr das Pflügen und Säen in Auftrag geben. Zwischenzeitlich ging eine Agro-AG aus der alten LPG hervor.

Sie wurde mit modernen Mähdreschern und Traktoren aus dem Westen ausgerüstet. Die Händler rieben sich die Hände und die Traktoristen fuhren mit vor Stolz geschwollener Brust die neuen Maschinen. Der K 700, auch Kasimir genannt, ein russischer Landmaschinenpanzer, hatte ausgedient. Für uns machte es betriebswirtschaftlich keinen Sinn landwirtschaftliche Geräte anzuschaffen, dafür war die zu bearbeitende Fläche zu klein. Die Agro-AG oder andere Lohnunternehmer würden die Bodenbearbeitung zügig und fachmännisch erledigen.

Und nun kommt die Geschichte mit den großen Kartoffeln: Wenn die Vorfrucht, also die Frucht vor der folgenden Frucht (Getreide ist eine Frucht) sehr gut mit Nährstoffen versorgt wurde, und das muss bei Mais der Fall sein, dann profitiert die Folgefrucht davon. Braugerste darf während ihres Wachstums nur wenig gedüngt werden, denn Stickstoff sorgt für einen hohen Eiweißgehalt, der bei Braugerste nicht erwünscht ist. Es sollte ja kein Schnitzel, sondern Bier werden. Außerdem schreibt das Reinheitsgebot vor, keine Spritzmittel zu verwenden, woran wir uns hielten. Das waren die Eckdaten. Keine Düngemittel eingesetzt, keine Spritzmittel verwendet und wir hatten einen großartigen Sommer, genug Feuchtigkeit aber auch viel Sonnenschein. In diesem ersten Sommer als »Landwirtin« erfuhr ich das erste Mal die Nöte und Ängste eines Bauern. Als es auf die Ernte zuging, ließ ich in gewissen Abständen vom ACZ, ausgesprochen *Agro-Chemisches Zentrum*, Getreideproben analysieren, um den Eiweißwert ermitteln zu lassen. Würde er 11 % übersteigen, dann wäre die Gerste für die Biertrinker hin und könnte dann doch nur noch als Futtermittel, etwa zur Schnitzelproduktion, verwendet werden. Ich spürte sie deutlich, die männlichen Blicke, die mir jedes Mal folgten und die leisen Sprüche: ›Das ist die, die aus dem Westen, die jetzt in Boldenshagen wirtschaftet. Der Alte ist noch drüben und kommt immer nur am Wochenende, na mal sehen, wie lange das gut geht.‹ Ich schickte stets inbrünstige Gebete zum Himmel, dass das Ergebnis die magische Elf nicht überschritt. Diese Blöße, den Acker zurückzufordern, keine Ahnung von Landwirtschaft zu haben und das auch noch zu bestätigen, das hätte ich nicht überlebt. Landwirtschaft war auch in der ehemaligen DDR eine Männerdomäne, lediglich im Büro, im Labor oder als Düngeberaterinnen verdienten Frauen in Agrarbetrieben ihr Brot.

Rund vierzehn Tage vor dem wahrscheinlichen Erntetermin schlug ich den Weg ins Schweizerhaus ein. Es war das Gebäude, in dem sich die LPG-Zentrale befand. Der Name ließ sich keinesfalls von der Bauweise ableiten, es war ein typischer grauer DDR-Zweckbau, ich meine gehört zu haben, dass der erste LPG-Vorsitzende Schweizer mit Nachnamen geheißen haben soll. Es konnte aber auch sein, dass es nach dem Beruf des Melkers (Schweizer) so benannt wurde. Schweizer galten in der Vergangenheit als Fachleute im Umgang mit Milch und Kühen.

»Wo finde ich Herrn Karl?«, fragte ich eine Dame im Erdgeschoss und bekam die knappe Antwort: »Treppe hoch, links halten und dann die dritte Tür auf der rechten Seite, steht draußen dran.«

Belustigt stellte ich beim Aufstieg fest, dass die Treppenstufen unterschiedliche Höhen hatten. Beim Einbau hat man wohl den Bodenbelag nicht mitberechnet. Auf mein Klopfen an der Tür des LPG-Vorsitzenden Karl, der später Geschäftsführer der Nachfolgefirma *Agro-AG* werden sollte, antwortete eine dunkle Stimme und ich trat auf sein Geheiß ein.

»Frau Roßmann, was für eine Überraschung, Sie in meiner bescheidenen Hütte.«

Er trat vor, reichte mir die Hand und verbeugte sich galant. Jedes Mal, wenn ich diesem Mann gegenüberstand, hatte ich das Gefühl zu schrumpfen, denn ich wusste genau, wie er mich einschätzte.

»Herr Karl, nett dass Sie etwas Zeit für mich erübrigen«, eröffnete ich das Gespräch,

»jetzt während der Ernte haben sie sicher nur wenig davon.«

Er bot mir einen Platz an und ließ sich mir gegenüber hinter seinem Schreibtisch nieder.

»Ich würde gerne mit ihnen einen Erntetermin vereinbaren, ich glaube die Gerste ist reif, alle Parameter stimmen.«

Er schaute in seinen Terminkalender, blätterte vor und zurück und wir legten den Erntetag fest.

»Bin gestern bei Euch vorbeigefahren, um mir den Schlag (einen Schlag nennt man eine Ackerfläche, auf der eine Feldfrucht angebaut ist) anzusehen, das wird ´ne gute Ernte, alle Achtung«, sagte er und ich fing wieder an, zu wachsen unter dem anerkennenden Blick.

»Is ja noch veel to daun bi juch«, verfiel er plötzlich ins Plattdeutsche; »Min Öllern haren og ein Hoff, int Pommersche, gliks achter dei Grenz, aber denn hebt wie nich wedderkreegen. Vierdusent Mark, Westmark, kriech ick nu dorvör, is nich veel för son schöne Buernstell.«

Bitterkeit schwang in seinen Worten. Ich erzählte ihm, dass meine Großeltern ebenfalls ihre Landwirtschaft mit Fischereirecht am Frischen Haff in Ostpreußen verloren hätten.

»Dat Lebn is nich ümmer gerecht«, stellte er lakonisch fest, lehnte sich in seinem Bürostuhl nach hinten, verschränkte seine Arme vor der Brust und beantwortete bereitwillig meine dringenden Fragen in Sachen Landwirtschaft.

Ich stand auf und bedankte mich herzlich für sein Entgegenkommen. »Ohne Sie wäre ich aufgeschmissen«, fügte ich mit einem Augenzwinkern hinzu und freute mich diebisch über meinen

Erfolg, der bedauerlicherweise nichts mit meinem Können zu tun hatte, was dem Herrn Karl selbstverständlich ganz bewusst war. In unserer Unterkunft bei Jürgen und Margret wieder angekommen, vertauschte ich meine guten Kleider gegen Arbeitskleidung und machte mich auf den Weg zum Hof, der 500 m Luftlinie weit entfernt lag. Die Straße dorthin war von zahlreichen Schlaglöchern ausgehöhlt und stellte eine ständige Gefahr für die Ölwannen unsere Fahrzeuge dar. Interessant war zu beobachten, dass die Trabbis förmlich über die Löcher hinwegflogen, während mit unserem Westauto jede einzelne Bodenvertiefung langsam durch- oder umfahren werden musste. Opa Willi hatte bis dato schon eine Wanne auf dem Gewissen, obwohl er kein rücksichtsloser Fahrer war, ganz im Gegenteil. Zu Fuß nahm ich eine Abkürzung über die Wiese, ließ aber meinen Blick aufmerksam nach rechts und links schweifen, denn schon mehrfach hatte der Bulle von Familie Offenburg sich von seinem Strick, mit dem er auf der Wiese angetüddert wurde, losgerissen. Ungehindert wanderte er dann über das Gelände, scheinbar völlig harmlos, aber ich traute dem Vieh nicht und passte lieber auf.

Die warme Junisonne schien auf das stille Gelände, eine Lerche zwitscherte aufgeregt über mir, offenbar hatte sie ihr Nest in der Nähe und fühlte sich bedroht. Am Ufer des Hofteiches blieb ich stehen und betrachtete das friedliche Bild, das sich mir bot, ich nannte ihn wegen des sich über die Wasserfläche Spannenden Baldachins aus Bäumen unseren Dschungel. Die

Entenfamilie unserer Hausbewohner tummelte sich auf dem Teich. Erpel, Ente und ihre zehn Kinder hielten Badetag, putzten gewissenhaft das Gefieder, tauchten unter, um zu gründeln. Buntschillernde Libellen, spielende Mücken, und im Tiefflug über die Wasseroberfläche huschende Schwalben verstärkten das Gefühl, im Paradies zu sein. Entfernt hörte ich Frau Offenburg, ebenfalls Mieterin in unserem zukünftigen Zuhause, ihre Enten rufen: »Wille, Wille, Wille!« Hierbei musste es sich um einen internationalen Lockruf handeln, denn meine Mutter aus Ostpreußen kannte ihn und in Schleswig-Holstein ist er ebenfalls bekannt. Ich riss mich von dem zauberhaften Anblick los und gelangte auf den Hof, dessen Verwahrlosung mich immer wieder betroffen machte. Frau Offenburg kam um die Ecke, klassisch gekleidet, bequeme Schuhe und eine Kittelschürze aus Dederon. Kittelschürzen gehörten auch zu meinem Alltag, Oma Grete trug sie und meine Mutter ebenfalls und in meiner Kindheit war dieses Kleidungsstück unentbehrlich, sogar mein Mann erzählte, dass er als Kind so ein praktisches Stück besaß, in deren Taschen glitzernde Steinchen, Bänder, getrocknete Regenwürmer, Käfer und andere nützliche Dinge passten.

»Guten Tag Frau Offenburg«, sagte ich artig und ging mit ausgestreckter Hand auf sie zu. Sie lächelte unsicher und gab mir ebenfalls ihre Hand, die sich rau und schwielig anfühlte. »Haben Sie meinen Mann gerufen«, fragte ich scherzhaft, »ich hab' da doch eben Willi, Willi, Willi gehört«.

Sie lachte verschämt, wischte sich die Hände an der Schürze ab, wahrscheinlich eine unbewusste Geste, und ich fühlte, dass das Eis gebrochen war.

»Nein, ich hab doch nur die Enten gerufen, die müssen rein, sonst holt sie der Fuchs und dann war es das mit dem Weihnachtsbraten.«

»Und was machen Sie mit dem Bullen«, fragte ich sie neugierig, »schlachten Sie den?«

»Nein, nein«, entgegnet sie, »der wird verkauft, aber wir wissen nicht, ob wir jetzt, wo die Wende da ist, überhaupt noch so viel Geld dafür bekommen.«

Sie berichtete, dass man zu DDR-Zeiten für so einen Bullen gute sechs- bis achttausend Mark bekam, für ein Schwein zweitausend und für ein Kaninchen sechzig Mark.

»Uns ging's nicht schlecht«, beteuerte sie und ich nickte zustimmend mit dem Kopf.

Ja, den Mecklenburgern ging es nicht schlecht. Überall gab es Wiesenstücke und alte Stallungen, die privat genutzt werden konnten, reichlich altes Brot zum Verfüttern und die Urlauber nicht zu vergessen, die ebenfalls Geld in die Haushaltskassen spülten. Darüber wollte ich aber nicht mit Frau Offenburg reden, ich gönnte ihr den bescheidenen Wohlstand, mir ging es jetzt um etwas ganz Anderes.

»Ist Ihr Mann zuhause«, fragte ich sie.

»Ja, gehen Sie mal nach vorn, ich glaub, Peter sitzt in der Veranda«, antwortete sie und folgte den Enten zum Stall, um ihn zu verriegeln.

Die Veranda war ein Vorbau, der den Hauseingang vor Zugluft und Feuchtigkeit schützen sollte. Sie hatte ganz bestimmt schon bessere Zeiten erlebt. In diesem Vorbau stand ein Sofa, das ebenfalls in die Jahre gekommen war und wahrscheinlich hauptsächlich den Katzen als Schlaf- und Sitzgelegenheit diente.

Peter Offenburg und Willi haben immer die Sommerferien auf dem Hof miteinander verbracht und einen guten Draht zueinander, was mich hoffen ließ, Gehör für mein Anliegen zu finden. Ich rief ihn, denn die Veranda war leer, drückte den Klingelknopf, hörte aber keinen Ton. Zaghaft betätigte ich die Türklinke und trat in den Flur. Geblendet von der Helligkeit draußen, sah ich zuerst nur einen dunklen Schlauch, aber langsam gewöhnten sich meine Augen an die Dunkelheit und ich erkannte fünf Türen, die rechts und links in unbekannte Zimmer führten. Es war das erste Mal, dass ich einen Blick in mein zukünftiges Zuhause werfen konnte. Ich sah einen grau-grünen, etwa einen Meter hohen mit Ölfarbe gestrichenen Sockel, darüber einen feinen roten Strich und bis zur Decke, ich schätze knapp 3 m hoch, gelb gestrichenen Putz. Der Fußboden, schwarz-weißer Terrazzo, kein Teppich, kein Spiegel, aber ein rotes Telefon in einem Schränkchen an der Wand, dessen Tür offenstand. Ein Telefon, Goldstaub in der Ostzone, wie meine Mutter immer noch zu sagen pflegte. Mein Herz hüpfte vor Freude, garantierte es doch Verbindung zur Außenwelt.

Ich rief nach dem Hausherrn und irgendwo, aus einem Zimmer kam ein: »Jo, wat ist denn?«

Heraus kam Peter, der Ehemann von Frau Offenburg, korpulent, die Haare zerzaust, breite

Hosenträger, verschlissene Cordhose, auf selbst gestrickten Strumpfsocken, ein offenes kariertes Arbeitshemd, aus dem am Hals gekräuselte Brusthaare lugten. Die Ärmel hatte er aufgekrempelt.

Als er mich erkannte, schaute er sich hilfesuchend um und machte den Eindruck, als ob ich ihn bei etwas Unrechtem ertappt hätte. Ich fragte ihn, ob er einen Moment Zeit hätte und er entgegnete, ich solle mal reinkommen in die Küche. Vorsichtig trat ich ein und ging auf Herrn Offenburg zu, der mir seine mächtige Pranke zum Gruß hinhielt.

Ich drückte mich an seinem ebenso mächtigen Bauch vorbei in die Küche. Als Erstes fiel mir der braune Kachelofen mit den schadhaften Kacheln ins Auge und dachte, da gehört ein schöneres Modell hin. Mir wurden ein Platz und ein Bier angeboten und ich nahm beides an. Bloß nicht die zickige Wessitante raushängen lassen, dachte ich, kam aber gleich zum Grund meines Besuches.

»Herr Offenburg«, fing ich an, »habt Ihr Euch nun schon nach einer neuen Wohnung umgeschaut? Willi hat Ihnen und Ihrer Frau ja schon erzählt wie unsere Pläne aussehen und irgendwann müssen wir anfangen zu sanieren. Natürlich können wir draußen schon Aufräumarbeiten vornehmen, aber Sie sehen sicher ein, dass die Renovierung im Haus ohne Bewohner viel einfacher ist.«

Mit gesenktem Blick drehte er sein Bier in den Händen. Eine Antwort abwartend nahm ich einen Schluck aus meiner Flasche und bereute sofort, nicht um ein Glas gebeten zu haben. Ich konnte noch nie Bier aus der Flasche trinken, ohne das es in meinem Mund schäumte, in die Nase stieg und mir einen Hustenanfall bescherte. Nachdem sich mein Husten gelegt hatte, kam dann auch Peters bedächtige Antwort. »Ja, weiten sei, Frau Roßmann, wie heppt ja ok all kecken und fröcht, is ja nich so eenfach ne Wohnung zu kriegen, aber wee holen de Ougen open, können sei sick op verloten.«

Wir schwiegen eine Weile.
»In Brusow vellicht, mal sehn.«
Wir schwiegen noch eine Weile.
»Ick well noch mal mit min Chef schnacken.«
Pause. Großer Schluck Bier.
»Vellicht weet he noch wat.«

Ich hörte die Haustür klappen und kurze Zeit später betrat Frau Offenburg die Küche. Sie hatte ihre Schuhe gegen alte, braune, abgetragene Schlappen eingetauscht und ich schaute schuldbewusst auf meine Schuhe, mir fiel ein, dass man im Osten immer die Schuhe auszog, wenn man eine Wohnung betrat. Um irgendetwas zu sagen, erkundigte ich mich nach dem Befinden der Kinder und bekam eine lapidare Antwort, die erkennen ließ, dass sie mir ehrliches Interesse absprachen.

»Ich bemühe mich selbstverständlich auch für Euch und für die Mieter oben im Haus, aber es wird mir schon schwer gemacht«, versuchte ich noch einmal, auf das Wohnungsproblem zu kommen.

»Der Ortsvorsteher hat mich von seinem Grundstück gejagt, als ich nach einer Wohnung für Euch fragte. Er meinte, ich solle möglichst wieder dahin gehen, wo ich hergekommen bin, dann hätte ich auch keine Wohnungsprobleme.«

Herr Offenburg machte einen halbherzigen Versuch, sich für die ungehobelten Worte des Dorfmarschalls zu entschuldigen. Ich winkte ab, nicht jedem hat die Wende gefallen, stand auf und verabschiedete mich von den beiden, nicht ohne mich noch nach dem Fressplatz des Bullen zu erkundigen. Wieder im Sonnenlicht atmete ich tief ein. Was für eine muffige Bude, dachte ich, Licht muss da rein, ganz viel Licht.

Der Umzug und das Kreuz mit dem Obermieter

Just in dem Moment, in dem ich mich wieder auf den Weg zu unserer Unterkunft machen wollte, kam Herr Malkow, der Obermieter auf den Hof gefahren.

Wenn der ausgestiegen ist, würde ich dem gleich mal ein paar Takte erzählen. Was dachte der sich eigentlich, die Wende ist noch kein Jahr alt und schon stehen neben dem alten, kaputten Wartburg schon zwei schrotte Westautos. Meine Stimmung war gereizt.

Vergangene Woche wollten wir einen Gemüsegarten für Oma Grete anlegen, genau an der Stelle, an der schon vor vielen Jahren einer war. Da beugte sich dieser Mensch aus dem oberen, ungeputzten Fenster und rief doch tatsächlich, das sei sein Garten, wir sollten uns doch so schnell wie möglich wegscheren.

Willi rastete förmlich aus, was außerordentlich selten geschah.

»Soll ich Dir mal zeigen, wo du dir einen Garten anlegen kannst, du Klugscheißer«, brüllte er aufgebracht nach oben und stach zornig mit dem Spaten in die Erde. Tage später versuchte Herr Malkow der Obermieter, an der ihm gezeigten Örtlichkeit mit Pferd und Pflug eine Furche zu ziehen, drei hat er geschafft und dann aufgegeben.

Ich ging mit einem knappen Gruß, den er ignorierte, auf ihn zu.

»Ich möchte Sie bitten, ihre Autos in absehbarer Zeit vom Hof zu schaffen. Schrott liegt hier ohnehin mehr als genug herum, da brauchen wir ihren nicht auch noch.«

Dieser ungepflegte, ungehobelte und sture Mensch könnte sich doch leicht ein bisschen von dem begehrten Westgeld bei uns auf dem Hof dazuverdienen, am Wochenende oder nach Feierabend. Arbeit gabt es in Hülle und Fülle, dachte ich, ließ ihn stehen und schaute mich nach meiner Tochter um, die hier irgendwo auf dem Gelände sein musste.

Nachdenklich machte ich mich auf den Weg zu den Stallgebäuden, dem beliebtesten Aufenthaltsort der Kinder, um Annika zum Abendessen mitzunehmen. An der angelehnten Stalltür blieb ich stehen und lauschte der kindlichen Unterhaltung. Es ging um Einhörner, Prinzessinnen und Pferde. Zwischen Kohlenstaub, hart gewordenen Zementsäcken, alten Brettern und zerbrochenen Fliesen, die für den Schlossbau benötigt wurden, saßen sie einträchtig beieinander. Beatrice und Matthias, die Nachbarskinder und die beiden Jungs der Familie Malkow. Matthias und Beatrice wurden für viele Jahre die treuen Begleiter meiner Tochter.

Ich trat ein und löste die königliche Familie auf, mit dem Versprechen, dass Annika am nächsten Wochenende wieder da sein würde. Nach einem herzlichen Abschied von ihren neuen Freunden legte sie ihre kleine schmutzige Hand in meine und wir gingen heimwärts, unserer »Notunterkunft« entgegen. Es war Sonntagabend und wieder hieß es nach dem Abendessen alles einpacken und ab in den Westen. Willi musste zur Arbeit, Tobias in die Schule und Annika in den Kindergarten.

»Bald sind Sommerferien«, tröstete ich sie, »dann kannst du ganz lange mit deinen Freunden spielen und vielleicht haben Offenburgs bis dahin eine Wohnung gefunden, dann bleiben wir ganz hier.«

»Au ja, das wäre toll«, freute sich meine Tochter und hüpfte vor Freude wie ein kleiner Ziegenbock.

Unser Wunsch erfüllte sich, Offenburgs hatten eine Wohnung gefunden und würden bis zu den Sommerferien ausziehen. Uns blieben noch einige Wochenenden, an denen wir die Wohnung notdürftig renovieren konnten. Dann endlich konnten wir umziehen, das hieß, die Kinder, Oma Traudel (meine Mutter) und ich. Oma Grete, (meine Schwiegermutter) und Opa Willi (mein Schwiegervater) waren ja schon da und Willi junior musste noch im Westen schaffen, um für den Unterhalt zu sorgen.

Natürlich brauchten wir noch zusätzliches Geld zu dem, was wir aus dem Verkauf unserer Häuser erzielten, für den weiteren Ausbau. Ich erarbeitete einen Entwicklungsplan, der dem skeptischen und kritischen Auge eines Bankmannes standhielt. Parallel dazu beantragte ich beim neu geschaffenen Amt für Landwirtschaft in Rostock Fördermittel als Wiedereinrichter. Über das Amt nahm ich Kontakt mit einem Herrn auf, der mit mir diesen Plan erarbeitete, mir aber schon von vornherein wenig Hoffnungen auf die Wiedereinrichtungsprämie machte.

Er sollte recht behalten, die Förderung wurde mangels beruflicher Qualifikation abgelehnt. Auf dem Flur traten mir Tränen der Enttäuschung in die Augen. Anfänglich schimpfte ich innerlich über die Uneinsichtigkeit der Entscheidungsträger, aber dann regte sich mein Widerstand. Jetzt erst recht! Man kann auch ohne Kühe glücklich werden. Wieder auf dem Hof angekommen, wollte ich gleich ans Telefon, um meinem Mann die Niederlage mitzuteilen.

Ich nahm den Hörer von jetzt unserem roten Telefon ab und nichts geschah, kein Freizeichen. Zornig legte ich wieder auf, ging in den Raum, den wir Küche nannten und holte mein elegantes Damenschrauberset in Bleu, einem sehr zweckmäßigen Weihnachtsgeschenk meines Mannes, aus einem Waschtisch. Hier war der Aufbewahrungsort für meine Werkzeuge. Ich machte mich daran, den Apparat aufzuschrauben um zu schauen, ob mal wieder ein Draht locker war. Nein, dieses Mal nicht, also musste die Überlandleitung eventuell durch starken Wind gerissen sein, was bedeutete, dass Willi am Wochenende die Leiter nehmen, die Unterbrechung suchen und flicken musste, indem er die Drähte einfach wieder miteinander verknotete.

Genau das hatte mir auch noch gefehlt. Wenn es kommt, dann immer fett, dachte ich, setze mich auf einen Stuhl und lege resigniert die Hände in den Schoß, was sollte noch alles kommen? Erst die Ablehnung des Antrages, was einen Verlust von 25.000 DM nicht rückzahlbare Förderung bedeutete und nun das Telefon. Ich schickte ein Stoßgebet zum Himmel, dass der Herr mich mit etwas mehr Langmut ausstatten möge. Schweinebande murmelte ich noch vor mich hin, erhob mich schwerfällig, um wieder in meine Arbeitskleidung zu steigen und die Renovierungsarbeiten fortzusetzen.

Am Vortag hatte ich mit dem Aufbau eines Gerüstes begonnen, auf dem ich einigermaßen sicher stehen konnte, um die Decke in 3 m Höhe zu tapezieren. Da wollte ich weitermachen.

Die Trennwand, die das ursprüngliche Wohnzimmer geteilt hatte, war abgerissen. Dadurch war die ehemalige Größe des Raumes wieder hergestellt. Ein Durchbruch zum dahinter liegenden dunklen Flur brachte Licht in die darin geplante offene Küche. Es sollte ein gemütliches Esszimmer mit integrierter Küche entstehen. Für mich gehört Kochen zum geselligen Beisammensein. Ich wollte nicht in einem kleinen Nebenraum, sondern im Zentrum der Familie stehen.

Von dort ging es über eine neue Treppe in den Keller hinab, der schon aus- und aufgeräumt war. Nur noch die Wasser- und Abwasserinstallation ließ wegen unseres Obermieters auf sich warten. Er hatte tatsächlich eine einstweilige Verfügung erwirkt, die uns die Fortführung der Arbeiten untersagte.

Die Situation spitzte sich immer mehr zu, nein, schlimmer noch, sie eskalierte. Um in ihre Wohnung zu gelangen, mussten die Leute durch unsere Küche.

»... und das dulde ich nicht mehr«, eröffnete ich mit vor Zorn gerötetem Gesicht meinem Mann, »mach was, damit ich diese Leute nicht mehr sehen muss!«

»Ich fürchte, das geht nur, wenn wir den Druck erhöhen«, entgegnete er mit einem Achselzucken.

»Und, wie soll das gehen«, fragte ich schnippisch, denn das Maß war einfach voll bei mir.

»Am besten, wir reißen die Innentreppe raus, die muss sowieso erneuert werden, stellen sie an die Außenwand und erweitern ein Fenster in deren oberen Wohnung zu einer Tür und damit ist vorerst das Problem gelöst, mal sehen was dann passiert.«

Ich wusste, das war nicht in Ordnung, aber trotzdem machte sich Schadenfreude in mir breit. Wir fackelten nicht lange, setzten unseren Plan ganz schnell um, und ließen ihnen keine Zeit, sich dagegen zu wehren. Tatsachen müssen einfach geschaffen werden. Ich glaube, Herr Genscher sagte in den Wirren der Wende, nicht lange fragen, einfach machen. Den Mietern gefiel das selbstverständlich nicht, sollte es auch nicht, ganz im Gegenteil, wir hofften, dass diese Maßnahme ebenfalls nachhelfen würde.

Als ich dann noch erfuhr, dass Malkow´s für die von ihnen genutzten viel zu großen 130 qm Wohnfläche samt Garage Wohngeld erhielten, da flippte ich aus. In einem Schreiben an die Kreisverwaltung klärte ich die Sachbearbeiterin auf, dass für eine Garage wohl kaum Wohngeld gezahlt werden kann und ob 130 qm für eine vierköpfige Familie überhaupt zulässig seien.

Wenn hier der Eindruck entsteht, dass ich böse war, dann widerspreche ich nicht, denn diesen Leuten hatte ich mehrere Wohnungen in gleicher Qualität besorgt und angeboten, sie lehnten stets ab, nur um uns in unserem Tun aufzuhalten und zu behindern. Grundsätzlich waren die Festschreibung der Mietverträge und die kontinuierliche Anhebung des Mietzinses im Einigungsvertrag in Ordnung, aber sie behinderten uns eben auch gewaltig. Irgendwann wurde die Miete wegen der Größe und der Mietanpassung dann doch nicht mehr bezahlbar. Die Familie zog aus und wir hatten endlich freie Bahn bei den Umbauarbeiten. Dieses leidige Kapitel möchte ich aber nicht abschließen, ohne die Kohlengeschichte erwähnt zu haben:

Eines Tages klopfte es an der Haustür und ein Mann in kohlenschwarzer Kleidung stand davor, erkundigt sich nach unseren Obermietern und fragte, ob sie da seien.

»Doch«, entgegnete ich mit einem Blick nach oben, »klopfen Sie doch noch mal etwas lauter«. Ich wollte schon die Tür schließen, da fiel mein Blick auf das Fahrzeug auf dem Hof. Ein Kohlentransporter. Vor meinem geistigen Auge sah ich wieder die Grusreste der Kohlenhaufen, die seinerzeit dem Gelände einfach liegengelassen.

»Sie«, rief ich dem Lieferanten hinterher, »Sie, kommen Sie nicht auf die Idee, die Kohlen auf den Hof zu kippen, ich warne sie, die schaff ich weg«.

Zwischenzeitlich hatte Herr Malkow seine Tür geöffnet. Beide kamen die Treppe herunter und ließen mich links liegen. Unheil ahnend folgte ich ihnen und sah wie unser Obermieter auf einen Platz wies, an dem der Brennstoff abgekippt werden sollte. Als ich das sah, kräuselten sich meine Nackenhaare. Forschen Schrittes ging ich auf die Männer zu, baute mich vor dem Kohlenmann auf und machte mich so breit wie nur möglich.

»Wenn Sie das machen, dann ...« Dabei drehte ich mich zum Obermieter um, »dann finden Sie ihre Kohlen auf der Freiheit wieder«. Die Freiheit ist ein Gelände ca. 1000 m vom Gehöft entfernt.

»Ich kann nämlich Traktor fahren, der hat vorn eine Schaufel dran und die kann ich auch bedienen, also, überlegen Sie jetzt ganz genau, was Sie tun. Anlieferung ist Grundstücksgrenze und keinen Zentimeter weiter auf mein privates Gelände«.

Irritiert schaute der Fahrer von mir zu Herrn Malkow und dann wieder zu mir. Die Kohlen werden hier abgeladen wiederholte unser Mieter noch einmal und ich drehte mich um mit den Worten, »ich hol schon mal die Schlüssel.« Vom Küchenfenster aus beobachtete ich, wie der Fahrer in den LKW stieg, den Rückwärtsgang einlegte und auf die Straße fuhr, um die Kohlen auf der Bankette abzukippen.

Vor der Haustür stehend, war es mir einfach unmöglich, die Bemerkung zu verkneifen, dass er ja nun die Kohlen ganz schnell in den Stall bringen müsse, denn an der Straße könnten sie ja gestohlen werden. Natürlich, Frauen sind doch böse, aber wenn die Männer nicht hören?!

Begegnungen

Überhaupt war die Zeit, die ich mit den »Alten« und den Kindern, ohne meinen Mann, auf dem Hof zubrachte, sehr von Begegnungen und Auseinandersetzungen mit dem anderen Geschlecht geprägt. Meine verrückteste Begegnung war die mit Igor. Er gehörte zur sowjetischen Beschützerarmee, die sich nach dem Krieg in den von Adolf gebauten Kasernen auf Wustrow einnisteten und es sich auf Kosten der DDR-Regierung bequem machten. Von der Mehrheit der Bevölkerung wurden sie nicht wirklich geliebt, wer allerdings Kontakt zu Offizieren hatte, dem boten sich reichlich Gelegenheiten zu schachern und zu schieben. Igor war so ein Offizier, der die einfachen Soldaten beaufsichtigte, die in den Kasernen auf Wustrow die Toilettenbecken, Wasserhähne, Lampen und alles was nur ansatzweise transportabel und zu gebrauchen war, abbauten, alles auf LKWs verluden und Richtung Osten abfahren ließen. Kommandeure gab es nicht mehr, die waren schon weg, um sich ihre Pfründe in Russland zu sichern.

Bei einer Veranstaltung des Amtes für Landwirtschaft lernte ich Frau Möwe kennen und im Gespräch stellten wir fest, dass unsere Höfe nicht weit auseinander lagen. Sie lud mich ein, ihren entstehenden Reiterhof zu besuchen. Er lag am Reriker Ortsrand und auf dem Gelände befanden sich zwei große Hallen. Während unserer Unterhaltung sah ich, dass Männer in den Hallen arbeiteten und fragte interessiert, welches

Unternehmen sie mit der Sanierung der Gebäude beauftragt hätte.

»Das ist kein Unternehmen, das sind russische Soldaten von Wustrow, die verdienen sich ein paar Mark bei mir«, erklärte mir Frau Möwe.

»Na, so einen Russen hätte ich auch gerne«, entgegnete ich.

»Ich denke, das wird kein Problem sein, ich hör mal rum«, entgegnete sie.

Und so geschah es. Eines Tages, es war schon Herbst und der erste Frost hatte das Gras schon das eine und andere Mal mit Raureif überzogen, stand eine männliche Gestalt an unserem Hofeingang. Ihr grauer Parka war bis zum Hals zugeknöpft, die Bänder ihrer Schapka waren geöffnet und die Ohrenklappen standen seitlich vom Kopf ab. In der rechten Hand trug sie eine Plastiktüte. Vorsichtig um sich blickend kam sie näher und ich ging ihr entgegen, um zu fragen, wer sie wäre und was sie wolle.

»Ich Igor, ich Arbeit«, entgegnete der Mann und lächelte mich freundlich an. Aha, nun hatte ich ihn also, meinen Russen. Etwas überraschend, aber egal, Arbeit war im Überfluss vorhanden. Ich bedeutete ihm, mir zu folgen und wir gingen ins Haus. Das Mittagessen stand auf dem Tisch und so holte Oma Traudel, meine Mutter, Besteck für ihn und füllte einen Teller. Ich stellte Igor meiner Familie vor, erklärte, wer er war und was er bei uns machen sollte. Unsicheres Schweigen herrschte plötzlich am Tisch, bis Igor mich anblickend »Frrrau, Brrrott« rollte. Die Kinder fingen an zu kichern und die Stimmung war wieder locker. Mit einem wissenden Lachen stand meine Mutter auf, um ihm eine Scheibe Brot zu holen. Als geborene Ostpreußin wusste sie, dass Russen zu jeder Mahlzeit Brot aßen. Es muss ihm außerordentlich gut geschmeckt haben, denn vom Kasselerbraten blieb nichts mehr übrig. Nun hatte ich also meinen Russen, aber wohin mit ihm, er musste ja irgendwo unterkommen.

»Tobias, räum dein Zimmer, du musst erst einmal zu deiner Schwester ziehen, die Arbeit geht vor.«

Auch wenn er maulte, es gab keinen Pardon.

Gleich am nächsten Tag ging es raus, Löcher für Zaunpfähle buddeln, eine Schweinearbeit, denn der Boden war völlig verdichtet. Anfangs hatte Igor noch seine Jacke an und die Mütze auf, aber nicht lange. Wohlwollend sah ich, dass er sich wirklich anstrengte. Sein Eifer hielt allerdings nicht wirklich lange an, nach zwei Wochen ging es stetig bergab. Kaum war ich nicht auf dem Hof, musste er sich ausruhen, ging in sein, bzw. Tobias Zimmer und hörte entspannt Musik. Erst Oma Traudels Ausruf »Frau kommt«, ließ ihn aufspringen und weiter arbeiten. Na gut, dachte ich, wenn er nur dann Pause macht, wenn ich nicht da bin, ist es überschaubar. Bei der Rübenernte, wir hatten mehrere Reihen für die Pferde angepflanzt, platzte mir dann doch der Kragen. Ich ging raus, um zu sehen, wie weit er war und um ihn zum Essen zu holen, da sah ich, das er zugebunden bis oben hin an der Mauer lehnte und gemütlich ein Zigarettchen rauchte. Die Menge der geernteten Rüben beschränkte sich auf ein mickriges Häufchen in der Scheune. Na warte Freundchen, dir werde ich mal zeigen, wie es geht. Ich holte ihn zum Essen und teilte ihm mit Händen und Füßen und dem geliehenen Wörterbuch Deutsch-Russisch und umgekehrt mit, dass ich ihm am Nachmittag helfen werde. Viel essen und wenig arbeiten, wo gibts denn so was. Also zog ich mir Stiefel und Jacke an und ging mit ihm an die Rüben, nahm mir den Spaten und zeigte ihm, wie es auch gehen konnte. Schwungvoll köpfte ich sie, Igor zog sie raus und klopfte die anhaftende Erde ab, um sie dann per Karre in die Scheune zu fahren. Es dauerte keine viertel Stunde, da waren das Band an der Mütze und die obersten Knöpfe der Jacke auf. Am Abend waren die Ernte und Igor erledigt.

Es ging auf Weihnachten zu und der hereinbrechende Winter ließ Außenarbeiten nicht mehr zu, also teilte ich Igor mit, dass er nun wieder nach Rerik bzw. Wustrow müsse. Gestik, Mimik und das alte Schul-Wörterbuch halfen mir dabei, mich verständlich zu machen. Igor hatte aber eigentlich keine Lust zurückzugehen und bat mich, ihm ein Visum zu besorgen. Er wolle in Deutschland bleiben und Businessman werden.

»Nix Igor, kein Visum, ich Deutsche und arbeiten in Deutschland, du Russe und du arbeiten in Russland«, machte ich ihm klar. Mit hängendem Kopf verließ er uns und wir standen alle am Fenster und schauten ihm nach, er war uns trotz Allem ans Herz gewachsen. Niemand rechnete damit, dass wir ihn je wiedersehen würden, schon gar nicht auf so eine ungewöhnliche Weise, wie wir sie im Sommer erleben sollten.

Zum 50. Geburtstag schenkten wir Günther, Willis Freund schon aus Kindertagen, einen Aufenthalt bei uns in Mecklenburg. Er war des Öfteren mit Willi hier in Boldenshagen bei der Omi in den Ferien gewesen und wir wussten, dass es ihm und seiner Frau Freude machen würde. Die ersten Wohnungen waren fertig und Günther reiste mit Hanne an, um den Gutschein einzulösen. Am letzten Abend ihres Aufenthaltes wurde das Gespräch vertrauter und wir erzählten, das unsere finanzielle Decke ziemlich dünn geworden sei und es wahrscheinlich einige Zeit länger als geplant dauern würde, bis der Hof wirklich vorzeigbar sein würde. Nach gut einer Flasche Wodka war ich die neue Repräsentantin für Medizintechnik. Mein Arbeitsgebiet sollten die neuen Bundesländer und meine Ansprechpartner alle Professoren für Anatomie und Pathologie, Oberärzte, Gerichtsmediziner und Laborleiterinnen für histologische Einrichtungen sein. Ein Crashkurs wies mich in mein Aufgabengebiet ein und damit war ich in den folgenden vier Jahren die meiste Zeit der Woche unterwegs.

An einem Freitagabend im August, ich war von meiner Dienstreise zurück und wir hatten es uns auf der Terrasse gemütlich gemacht, berichtet mir Willi mit Schmunzeln, das Igor auf spektakuläre Weise wieder aufgetaucht sei.

»Unser Igor«, fragte ich ungläubig.

Willi lachte laut und herzlich, »das glaubt kein Mensch. Die Kinder und ihre Freunde schliefen wieder einmal draußen unter dem Schleppdach im Stroh und ich hatte wie immer die Türen aufgelassen, damit, wenn etwas sein sollte, sie zu jeder Zeit ohne Schwierigkeiten ins Haus gelangen konnten. Mitten in der Nacht wurde ich wach. Hatte mich ein Geräusch geweckt, war es ein Räuspern oder ein Scharren mit einem Stuhl? Hellwach lag ich lauschend im Bett, draußen ging die Dämmerung bereits in den Tag über und ich überlegte, ob ich wohl geträumt haben könnte. Viktor war draußen bei den Kindern und hatte nicht angeschlagen. Leise schlug ich die Bettdecke zur Seite und stand auf, griff neben das Nachtschränkchen, wo mein Baseballschläger stand, schlich durchs Wohnzimmer in die Essdiele. Und da traute ich meinen Augen nicht, auf einem Stuhl, den er an die Wand geschoben hatte, saß Igor, in kurzer, grüner Turnhose und weißem Schiesser-Feinripp-Unterhemd. Die Unterarme eingegipst und die Hände umschlossen einen Blumenstrauß, den er offensichtlich am Feldrand gepflückt hatte.

›Wo Frrau Irris‹, fragte er und schaute mich fragend an.

Er war einfach ins Haus gekommen und um niemanden in dieser morgendlichen Stunde zu stören, hatte er sich hingesetzt und gewartet. Auf meine Frage, was er denn hier mache, reichte er mir den Strauß und sagte: ›Ich jetzt Businessman‹.

›Jo‹, entgegnete ich, ›das sieht man, Frau Iris nicht da und ich bring dich nach Hause.

Nachdem ich ihn kreuz und quer durch die Gemeinde gefahren hatte, er aber nicht genau wusste, wo er hin wollte, ließ ich ihn entnervt in Brusow aussteigen, du weißt schon, in ›Klein-

Moskau‹, dort musste er aussteigen und ich bin wieder nach Hause.«

Das war die letzte Begegnung mit Igor dem Businessman. Seit diesem Vorfall bekam das Luftgewehr auch wieder einen Platz im Schlafzimmer.

Vergangenheit und Zukunft

Unser ursprünglicher Plan, einen Ponyhof für Kinder einzurichten, war zwischenzeitlich durch eine schwere Nierenerkrankung meines Mannes hinfällig geworden. Die Sache mit den Ponys hatte ihm sowieso nicht behagt und ich erinnere mich noch an den Tag, an dem wir mit den Kindern einen Testlauf machen wollten. Annika, Beatrice und Manja, ein Nachbarsmädchen, wurden auf die Ponys gesetzt und wir führten sie durch die Landschaft. Großartig, alles lief gut, bis die Kleinste vom Pferd fiel, und zu weinen anfing. Die Ponys wurden störrisch, weil sie zurück auf den Hof wollten, die Kinder maulten und mein Mann ließ die Zügel fallen, verließ uns mit den Worten »So einen Quatsch mach ich nicht mehr mit« und stapfte schweren Schrittes Richtung Hof. Da stand ich nun mit den Zwergen und musste zusehen, wie ich sie wieder aufs Gehöft brachte. Irgendwie gelang es mir, aber auf dem Weg dorthin hegte ich erste Zweifel an der Richtigkeit dieses Planes.

Der Einfachheit halber entschlossen wir uns, die obere Wohnung zu zwei Ferienwohnungen umzubauen, denn die Nachfrage war enorm. Die Neugierde der Westdeutschen auf den neuen Teil der Republik war groß und die meisten ansässigen Landwirte richteten ihren Fokus auf die Errichtung neuer Kuhställe und hatten ganz andere Probleme zu bewältigen. Westdeutsche Urlauber zu beherbergen war anstrengend und sie erwarteten einen gewissen Standard, den die ehemaligen DDR-Unterkünfte nicht boten. Wir wussten, was die Wessis wünschten und so machten wir uns daran, die Wohnungen nach unseren eigenen Bedürfnissen herzurichten. Familienurlaub auf dem Bauernhof war jetzt unser Ziel.

»Wir werden die obere Etage zu zwei Ferienwohnungen umbauen und Ferien auf dem Bauernhof anbieten«, erzählte ich Oma Grete, die immer gerne auf dem Laufenden gehalten werden wollte, was auch ihr gutes Recht war, denn noch gehörte der Hof ihr. Während ich ihr die Einzelheiten erläuterte, kochte ich uns Kaffee und deckte den Tisch, setzte mich zu ihr und wir beide schauten auf unseren Teich, der schon für viele lustige Geschichten gesorgt hatte. Plötzlich wurde mir bewusst, wie häufig man »Weißt du noch« sagte, wenn man mit Menschen aus der vorhergehenden Generation zusammenlebte und wie spannend Kaffeetrinken werden konnte.

»Da hinten war die Bäckerei, als die Russen 1945 kamen«, fing meine Schwiegermutter an, aus ihren jungen Jahren zu erzählen, und zeigte auf einen Platz neben ihrem frisch angelegten Garten.

»Von hier aus wurden die Besatzungssoldaten im Umkreis von Kröpelin mit Brot versorgt, und der kleine Willi auch«, schmunzelte sie. »Willi war damals zweieinhalb Jahre alt und der dicke Bäcker sein bester Freund. Russen lieben Kinder, vielleicht hatte er ja auch einen Sohn in der russischen Heimat. Dass sich auch die Kommandantur hier auf dem Hof befand, war unser Glück und wir Frauen hatten nichts zu befürchten, denn der Befehlshaber duldete keine Vergewaltigungen oder andere Vorkommnisse. Niemand traute sich an uns heran, was aber nicht bedeutete, dass es woanders auch so war. Viele Frauen in der Umgebung litten unter den Übergriffen der Soldaten und mussten Plünderungen und Schlimmeres über sich ergehen lassen. Wir fanden auf unserer Wiese, da wo die Soldaten aßen, jede Menge Silberbesteck, das aus den benachbarten Gutshäusern und Schlössern stammte. Ja, das war eine schlimme Zeit. Und trotzdem«, fuhr sie fort, »an einem Sommerabend, ich wollte ins Haus gehen, da saß ein Soldat in seiner dreckigen und an vielen Stellen zerrissenen Uniform auf der Treppe der Veranda und spielte Mundharmonika. Die traurige Melodie berührte mich so tief, dass das Bild bis in die kleinste Kleinigkeit noch immer in meinem Gedächtnis haftet. Ob Sieger, oder Besiegte, die Sehnsucht nach Frieden und Ruhe vereinte uns auf eigenartige Weise.«

»Wie lange blieben die Soldaten«, wollte ich wissen und setzte meine Kaffeetasse behutsam wieder auf die Untertasse, denn das Service war Oma Grete heilig. Es war eine Erbschaft ihrer Mutter, und wurde meist nur bei besonderen Gelegenheiten auf den Tisch gebracht.

»Ich weiß nicht mehr so genau, ich glaube ´47 sind sie abgezogen. Ja, genau, in dem Jahr, in dem der Willi aus der Gefangenschaft von Norwegen zurückkam. Der Alltag normalisierte sich für uns langsam wieder, allerdings mit anderen Vorzeichen. Kommunisten, Sozialisten und Trittbrettfahrer bekamen jetzt Aufwind. Meine Cousine Irene aus Kröpelin wurde verhaftet, weil sie

Führerin im ›Bund deutscher Mädchen‹ war und erst in das Lager ›Fünf Eichen‹ bei Neubrandenburg, und anschließend nach ›Buchenwald‹ gebracht. Stell dir mal vor, man hätte nach der Wende alle FDJ-Führer und Führerinnen eingesperrt, undenkbar. Im KZ Buchenwald hatte Irene, damals 29 Jahre alt, ihren zukünftigen Mann kennengelernt. Er war genau wie sie dort inhaftiert und die Liebe ihres Lebens, hat sie mir geschrieben. Nach der Haft trennten sich ihre Wege, denn er war verheiratet. Erst jetzt, einige Jahre vor der Wende, heiratete sie diesen Mann mit 68 Jahren, ist das nicht romantisch?«

Am schnellen Vor- und Zurück ihres Schaukelstuhles erkannte ich, dass sie innerlich aufgewühlt war. Ihre Hände im Schoß drehten Däumchen, vorwärts, rückwärts.

»1947 feierten wir das erste Mal als Familie gemeinsam Weihnachten. Der Vati«, damit meinte sie ihren Mann, »kannte den kleinen Willi nur von einem Foto, das ich ihm mit der Feldpost geschickt habe. Du glaubst nicht, wie sehr ich ihn in den Kriegsjahren vermisst hab und wie ich beinahe vor Freude geplatzt wäre, als wir uns wieder in die Arme schließen konnten«.

Auch sie nahm jetzt einen Schluck von ihrem wahrscheinlich schon kalten Kaffee und knabberte an einem Keks.

»Mein Gott, wie waren die Menschen damals doch verbohrt«, sagte sie nachdrücklich, wischte sich auf ihre unverwechselbare Weise über das Gesicht und strich eine nicht vorhandene Haarsträhne weg. Ihr weißes Haar steckte sie immer zu einem akkuraten Knoten hoch und nur nach dem Baden ließ sie es wie ein junges Mädchen über ihre Schultern fallen. Überhaupt war sie eine liebenswerte Großmutter, ging es mir durch den Kopf. Klein, weich und rundlich mit einem großen Busen, an dem sich meine Kinder, als sie noch klein waren, gerne kuschelten, und immer mit einer Kittelschürze bekleidet. Nie hatten wir Meinungsverschiedenheiten, allerdings mischte sie sich auch nicht in meine bzw. unsere Angelegenheiten ein. Ich liebte ihre ruhige, besonnene Art von Anfang an, wahrscheinlich, weil sie so ganz anders war als ich.

»Kannst du dir vorstellen, wie es war, als Bauerntochter, aus einer der ältesten Familien im Kreis, von einem Soldaten schwanger zu sein? Ich war ein sogenanntes gefallenes Mädchen«, fuhr sie schmunzelnd fort. »Als ich nichts mehr verbergen konnte, schickte mich meine Mutter weg, zu Verwandten in die Nähe von Wismar. Ich hatte Schande über die Familie gebracht und sollte dort, von der Öffentlichkeit unbemerkt mein Kind zur Welt bringen«.

Ihre abgearbeiteten Hände strichen ihre Schürze glatt und sie holte tief Luft.

»Seit dem Tod meines Vaters, ich war damals gerade 10 Jahre alt, führte sie den Betrieb mithilfe eines Verwalters alleine, die Jungs waren im Krieg und ich, die Tochter, von einem Dahergelaufenen aus dem Kohlenpott in anderen Umständen, schlimmer konnte es für sie nicht kommen.« In ihren Augen kam das wohl einem Versagen ihrer Erziehung gleich. Langsam goss sie sich noch eine Tasse Kaffee ein, gab Milch dazu.

»Nur durch die Briefe, die ich dem Willi schrieb und von ihm erhielt, behielt ich den Lebensmut, denn von der Gesellschaft ausgestoßen zu sein ist nicht einfach zu ertragen. Nur Irene, du weißt, die nachher nach Neubrandenburg gehen musste, war es zu verdanken, dass die Mutter sich besann und mich wieder nach Hause holte und wie es dann immer so ist, der kleine, im August geborene Williken wurde ihr geliebter Augenstern.«

Bitterkeit klang in ihrer Stimme mit und der Blick schweifte in die Ferne.

Lautes Poltern vor der Tür zerriss die sentimentale Stimmung und die beiden Willis, der große und der kleine, so unterschieden wir meinen Schwiegervater und meinen Mann, traten ein und ließen sich bei uns auf dem Sofa nieder. Ich stand auf und holte für sie zwei Tassen und brühte noch eine Kanne Kaffee auf. »Oma Grete erzählt mir gerade Geschichten aus der Vergangenheit.«

»Wat is dat denn, habt ihr nix zu tun«, fragte der große Willi schelmisch grinsend, er behauptete von sich, noch nie in seinem Leben herzhaft gelacht zu haben, was ihm aber kein Mensch glaubte, er kam doch aus dem Rheinland und da sind bekanntlich alle Menschen Frohnaturen. Nun, auf ihn traf es nicht ganz zu, aber gelacht hat er schon hin und wieder.

»Du hast doch hoffentlich nicht alles erzählt wie wir uns kennengelernt haben und so«, fragte er mit einem Seitenblick auf seine Frau.

»Alles brauchen die nicht zu wissen«, schmunzelte sie und zwinkerte mit dem rechten Auge.

»Und warum nicht«, fragte Oma Grete spitz, »haben wir etwa was Unrechtes getan?«

Opa Willi lehnte sich in seiner ganzen Breite über den Tisch, streckte seine Arme aus und spreizte seine langen Finger.

»Nee, dat nich, aber meinse, dat die dat überhaupt interessiert?«, fragte er. Er verfiel gerne in seinen Kohlenpottdialekt. Natürlich hatten wir die Geschichten schon gehört, aber bei jedem neuen Bericht kam etwas Neues dazu.

»Komm, erzähl doch noch einmal, wie Du in den Ernteeinsatz musstest«, bat ich, wohl wissend, dass er sich gerne bitten ließ.

»Na gut, aber danach gehdet wieder anne Abeit.

Weisse noch Gretel, als ich aufm Hof kam«, begann er.

»Ich hab dich gleich gesehen, du hattest so schöne Waden, nich sone dünnen Stöckskes wie die anderen Mädels alle und zupacken konntest du, wie keine zweite. Außerdem hatteste keinen Katzenkopp, nee, dein Gesicht war oval, wie sich dat für nee schöne deutsche Frau gehörte.«

»Na ja, un wat gibt's da noch zu sagen, jeden Tag wurden wir vonne Halbinsel Wustrow, wo se uns inne Artillerieschule gedrillt ham, durch Rerik auffe Höfe zum Ernteeinsatz gefahrn. Die Bauern waren auch in Kriech und einer musste ja dat Korn einfahren. Das war ne feine Sache, und dat gute Essen wat deine Mutter, die Omi, gekocht hat, wat ganz anderes als dat Zeuch inne Kaserne«, schwärmte er.

»Die Abeit hat Spaß gemacht und ich war gar nich mehr so wild darauf anne Front zu kommen, wofür ich mich freiwillig gemeldet had. Meinetwegen konnt de Ausbildung inne Schule noch lange weitergehen. Die Woch aufm Feld und annet Wochenende mit de hübschen Mädchen auser Umgebung tanzen, dat war enn gutet Leben, bis denn doch der Kriech dem Spaß en Ende gesetzt hat, un ich in Norwegen kämpfen sollte.«

Zwischenzeitlich hatte sich Tobias in die Stube geschlichen und hörte aufmerksam zu.

»Opa, warum bist Du denn nach Norwegen gekommen, ich denke alle, Soldaten mussten nach Russland oder nach Afrika?«

»Tja mein Jung, dat war ne dolle Geschichte. Da hat ich mehr Glück als Verstand gehabt.«

Er lehnte sich zurück, umfasste die Tischkanten, Spannweite Ein-Meter-Zwanzig, als wollte er verhindern, dass dieser abhob, und fing von seinem Lieblingsthema, dem Krieg, an zu erzählen.

»Stell Dir vor, zwei Schiffe sollten auslaufen, um uns Soldaten anne Front zu bringen. Wir sollten nach Russland und dat andere Schiff nach Norwegen. Wahrscheinlich ham se die Befehle vertauscht, und ich bin dadurch heute noch an Lebn. Von den Kameraden, die nach Russland mussten, sind nur ein paar zurückgekommen. Ich hat ein gutet Leben da oben in Norwegen als LKW-Fahrer, ich musste allet möchliche immer hin und her fahren und ab und zu is wat von LKW gefallen, wat ich gut gebrauchen konnte. Aufm LKW hat ich so ne private Kiste, die war immer gut gefüllt, mit Tauschobjekte. Ja und denn war der Krieg zu ende und ich musste in norwegische Gefangenschaft. Auch da ging et mir gut, dat erste Mal in mein Leben, dat nicht mehr meine Rippen gezählt werden konnten«, schmunzelte er und gab dem Jungen einen freundschaftlichen Klaps auf den Rücken. Mit den Worten »so, nu geht et wieder los«, erhob er sich, um an die Arbeit zu gehen.

Rinderwahn und andere Heimsuchungen

Ich hakte mich bei meinem Mann ein, so machten wir uns immer auf zu unserem Abendspaziergang. Wie so häufig lenkten wir unsere Schritte zum Teich, um ihn zu umrunden und anschließend nach unseren Tieren auf der gegenüberliegenden Koppel zu sehen. Wir waren jetzt stolze Besitzer von zwei Galloways mit Namen Bärbel und Adelheid, sowie Meggi, der Bergziege und Freundin von Ella, Annikas Reitpony. Ella war schon alt, und hatte bereits steife Hinterbeine, was uns nur recht war, denn unsere Tochter war eine wilde kleine Reiterin. Allerdings, schneller als ein Mensch war Ella allemal.

»Das komische Bild vergesse ich nie, wie Du hinter Ella her warst, um sie in den Stall zu holen«, bemerkte ich.

Jedes Mal, wenn Willi meinte, sie eingeholt zu haben, setzte sie zu einem steifbeinigen Galopp an, blieb stehen, drehte sich nach ihm um, wartete bis er aufgeholt hatte, um dann das Spiel fortzusetzen.

»Dieses dämliche Viech«, entgegnete er gespielt entrüstet,

»Sie sollte ja nur wegen der blöden Ziege rein. Hier, guck mal, diese Schäden richtet sie an«, und zeigte auf Verbiss und Fegespuren an den Obstbaumstämmchen. »Opa hat recht, die Wüste fängt mit einer Ziege an, und darum muss sie weg«.

»Ich verstehe das ja«, entgegnete ich Ernsthaftigkeit heuchelnd, und amüsierte mich immer noch köstlich über seine Verfolgungsjagd.

»Sie kommt in die Wurst«, drohte er, wohl wissend, dass das nie der Fall sein würde.

Am Wiesentor angekommen, stieg ich auf den unteren Holm, um weiter schauen zu können. Da standen sie, die beiden zottigen, dunkelbraunen Rinder und hoben neugierig die Köpfe, als sie Willis Stimme hörten. Gemessenen Schrittes, ganz und gar ihrer Trächtigkeit bewusst, kamen sie auf uns zu. Ein leises Muh zur Begrüßung brummend, ließen sie sich hinter den Ohren kraulen und das Fell rubbeln. Sie waren genau wie wir, Zugereiste und fühlten sich hier im wilden Osten offensichtlich genau so wohl. Sie gediehen prächtig und bald würde sich unser züchterisches Ziel, den Viehbestand zu verdoppeln, erfüllen. Sie sahen so gemütlich aus mit ihren wuscheligen Ohren und den großen braunen Augen und keiner von uns ahnte, dass sie nur wenige Jahre später zu Sondermüll erklärt werden sollten. BSE oder auch Rinderwahn nannte man es. Die Medien ließen keine Gelegenheit aus, auf die Gefährlichkeit beim Genuss von Rindfleisch hinzuweisen. Von England ausgehend sollte sich die Seuche über ganz Europa verbreiten. Tausende und Abertausende von Tieren sollten erst der Keule und dann dem Ofen zum Opfer fallen. Offenbar war das ein probates Mittel, um Viehbestände zu kontrollieren und die Preise stabil zu halten, denn seit dieser Aktion gab es plötzlich in regelmäßigen Abständen auch die Schweine- und Geflügelpest. Mal waren Zugvögel, mal Wildschweine die Überträger, mal wurde der Erreger aus Asien eingeschleppt.

Gefährliche Situationen

Auf dem Rückweg legten wir den Arbeitsplan für den nächsten Tag fest. Der alte Karnickelschuppen auf dem Hofgelände musste weg, wer aber soll den beseitigen?

»Können wir ihn nicht einfach mit dem Traktor umschubsen«, fragte ich.

»Und dann?«

»Irgendwie muss der Mist doch weg, wenn es geht, ohne viel Aufwand, außerdem ist das alles so versifft, ich fasse da nichts an.«

Ich zog meine Jacke fester und schüttelte mich.

Am nächsten Morgen schauten wir uns die windschiefen, mit Dachpappe gedeckten, Buden an. Mir liefen Schauer über den Rücken bei dem Gedanken an das Ungeziefer, das sich dort drinnen verstecken könnte.

»Ich denke, da werfen wir ein Streichholz rein und dann nimmt das Schicksal seinen Lauf«, erklärte mein Gatte mit einem ernsthaften Gesichtsausdruck. Mit der Kettenreaktion, die die Umsetzung dieses Planes auslöste, hatten wir allerdings nicht gerechnet.

Nach unserer Mittagspause ging mein Mann nach draußen, prüfte die Windrichtung, stellte fest, dass er aus West wehte, was eigentlich nicht wirklich wichtig war, denn wir waren im Umkreis von einem Kilometer sowieso die einzigen Bewohner. Er schüttete etwas Benzin in und auf die Bretterbuden und zündete sie an. Zaghaft leckten die Flammen an den Brettern, bis sie die Stroh- und Heureste erreichten. Es gab einen zischenden Laut und plötzlich standen die alten Buchten lichterloh in Flammen. Eine dicke, schwarze Rauchwolke quoll zum Himmel empor, sodass uns Angst und Bange wurde.

»Oh Gott, das sieht man bis Rostock«, stellte Willi fest, »komm, wir gehen Kaffee trinken, hier können wir nichts mehr ausrichten«. Er nahm meinen Arm und zog mich hinter sich her. Wir saßen in Oma Gretes Küche, die sich im hinteren Teil des Hauses befand und keinen Blick auf das brennende Elend gestattete, als es energisch an die Tür pochte. Ich ging hin, öffnete und mir gegenüber stand ein im Gesicht zornroter Mann.

»Sie«, drohte er, »Sie, das hat Konsequenzen für Sie!«

»Was hat Konsequenzen«, stelle ich mich dumm, »und wer sind Sie überhaupt?«

»Ich bin der Chef der Feuerwehr«, sagte er »und das dürfen Sie nicht. Ich bin jetzt extra mit dem Fahrrad von Dietrichshagen hier herunter gefahren, um zu sehen, ob etwas Schlimmes passiert ist. Ich sag Ihnen das, das wird noch Konsequenzen für Sie haben.« Er drohte noch einmal mit erhobener Hand, drehte sich um und verschwand forschen Schrittes hinter der Hausecke. Einige Tage später erfuhren wir, wer die Feuerwehr alarmiert hatte. Der Sohn von unseren Freunden in Kröpelin schaute an diesem Tag aus seinem Fenster im oberen Stock und sah die dunklen Wolken über Boldenshagen aufsteigen und sagte zu seinem Großvater: »Opa, ich glaub, Boldenshagen brennt.«

Wer einmal Teerpappe in Brand gesteckt hat, weiß, wie schwarz Rauch sein kann. Herbert eilte sofort zum Telefon, um die Wehr anzurufen, denn alle glaubten, unser Hof stünde in Flammen.

Dank einer Kiste Bier für den nächsten Übungsabend hielten sich die Konsequenzen in Grenzen. Gott sei Dank, das Schuppenproblem war gelöst und wir konnten mit den Aufräumarbeiten auf dem Gelände beginnen. Eine Raupe schob Mauer- und Betonreste zusammen, die dann den befahrbaren Untergrund in der Strohscheune bildeten. Die Müll- und Ascheberge zwischen den Bäumen wurde zu Wällen rund um das Gehöft aufgeschoben und mit Sträuchern als Abgrenzung zu den umliegenden weiten Feldern und als Windschutz bepflanzt.

Mit innerer Zufriedenheit stellte ich fest, dass das Gelände langsam Struktur bekam. Hier sollte die kleine Reitkoppel entstehen, vor dem Haus die große Rasenfläche mit schattenspendenden Bäumen. Längsseits lag der Teich, dessen Uferränder geputzt und ausgelichtet worden waren und nach wie vor ein Tummelplatz für Frösche, Libellen und anderes Getier geblieben sind. Fehlte nur noch ein schöner Lagerfeuerplatz für laue Sommerabende mit angrenzendem Spielplatz. Den richteten wir hinten in einer Ecke ein, dort, wo die wilden Rosen gepflanzt wurden, dachte ich, das war romantisch und geschützt, außerdem am weitesten von den Gebäuden entfernt. Mit diesen Gedanken wandte ich mich um und ging auf den ehemaligen Schweinestall zu, der zu einer Wohnung für Oma Traudel, meiner Mutter, ausgebaut werden sollte. Noch waren keine neuen Fenster eingesetzt, aber das Dach repariert und somit der weitere Verfall gestoppt.

Beim Näherkommen sah ich, wie Annikas kleiner Freund Matthias seinen Blick nach oben, auf eine Fensteröffnung richtete. Stotternd hörte ich ihn rufen: »A-, A-, Annika, l-, l-, l-, lass dein g-, g-, goldenes Ha-, Haar herab«, woraufhin der blonde, zerzauste Schopf meiner Tochter erschien, sich theatralisch nach vorn beugte und ein dickes Seil zu ihm hinunter warf. Schmunzelnd lenkte ich meine Schritte um das Gebäude herum, sodass Rapunzel und ihr Prinz mich nicht sehen konnten.

Ich setzte mich zu den beiden Großmüttern auf die Bank, die Willi ihnen vor die große Scheune gestellt hatte. Es war der Platz an der Sonne und der Treffpunkt am Nachmittag zum täglichen Schwätzchen. Ich brachte die beiden auf den neusten Stand unserer Planungen und wir erörterten das Für und Wider.

»Mama, guck doch mal, was Diana mitgebracht hat, den müssen wir behalten«, sprudelte es aus Annika heraus, die mit ihrem Gefolge auf uns zugelaufen kam. Alle Augen richteten sich auf Diana, Matthias größere Schwester. Ganz langsam öffnete sie den Reißverschluss ihres Anoraks und zum Vorschein kam ein kleines, dunkelgraues Hundeschnäuzchen mit aufmerksamen Knopfaugen. Alle, die wir auf der Bank saßen, schmolzen dahin.

»Papa war auf einem Polenmarkt und hat diesen kleinen Hund in einem Käfig voller anderer Welpen gefunden. Er hatte Mitleid und ihn mitgenommen, aber Mama will ihn nicht, weil wir doch schon einen Hund haben. Sie hat gesagt, dass er wieder wegmuss, aber wohin denn, und da seid ihr mir eingefallen«, schloss Diana ihr Statement und schaute uns mit um Verständnis heischendem Augenaufschlag an. »Ihr könnt doch einen Hund gebrauchen, der ganz lieb ist«.

Ein Zwergpudel, nicht gerade ein repräsentativer Hofhund, dachte ich, nahm ihn hoch und schaute ihm ins Gesicht. Mit seiner kleinen roten Zunge schleckte er über sein winziges Näschen und schubberte sein wolliges Köpfchen an meinem Daumen. ›den kriegen wir bestimmt auch noch satt‹, dachte ich und gab ihn an die Kinder zurück. Dreizehn Jahre sollte er uns ein treuer und aufmerksamer Begleiter sein. Auf Spaziergängen trugen wir ihn in der Jackentasche, bis er groß genug war, um von Autofahrern und anderen Verkehrsteilnehmern gesehen zu werden. Damit hielt *Viktor* Einzug in unsere Familie.

Als Willi noch in Neumünster arbeitete und nur am Wochenende da war, schlief ich mit den Kindern und den alten Leuten alleine in dem großen Haus und hatte nicht nur das Gefühl weit von der Zivilisation entfernt zu sein, nein ich war es auch. Die Nächte waren stockfinster und die Geräusche unheimlich. Wen hätte ich anrufen sollen, es gab kein Telefonbuch und den Draht hätte man einfach durchknipsen können.

Es gab kaum ein Tag, an dem nicht etwas Außergewöhnliches passierte. Das Leben auf dem Hof hatte so gar nichts mit unserem Leben in der alten Heimat gemein. Ständig begleitete mich die Angst, dass den Kindern etwas passieren könnte, denn überall lauerten Gefahren, die sich natürlich immer erst im Ernstfall zeigten. Die

Augenblicke, in denen Tobias beinahe erschlagen worden wäre, sind in meinem Gedächtnis eingebrannt. Zufällig sah ich aus dem Fenster in Richtung Scheune und wurde Zeuge des entsetzlichen Geschehens: Willi und ich wussten, dass die Halterungen des Tores nicht sicher waren, und schon das eine oder andere Mal die vorderen Rollen aus dem Lauf gesprungen waren. Diesmal sollte es anders sein. Tobias und seine Freunde spielten Fangen, und bei seinem Versuch, das Tor zu schließen, lösten sich alle Rollen aus der Laufkatze. Sekundenlang schwebte das Tor ohne Halt in der Luft, bis es sich langsam und unhaltbar nach vorne neigte.

»Das Tor«, schrie ich mit vor Entsetzen schriller Stimme, »laaauf Tobias«. Eigentlich hätte er nur zwei Schritte seitwärts treten müssen. Aber er lief geradeaus. Bewegungsunfähig starrte ich auf die Szene. Irgendwie schien mir, dass sich die Zeit verlangsamte und idiotischerweise versuchte ich zu erkennen, ob die Fallgeschwindigkeit größer war als die Laufgeschwindigkeit des Jungen.

Die obere Kante des Tores traf ihn am Hinterkopf. Sie streifte seinen Rücken. Der Aufprall stieß ihn nach vorn in den Schmutz. Er blieb bewegungslos liegen. Meine Erstarrung löste sich. Zwei Stufen auf einmal nehmend flog ich die Treppe nach unten. Ich rannte um das Gebäude herum; kniete neben meinem Sohn. ›Fließt Blut? Kann er sich bewegen? Ist er ansprechbar?‹, waren meine Sorgen. Ich zog seine Füße unter dem Tor hervor. Danach drehte ich ihn vorsichtig auf den Rücken, was ihm offenbar Schmerzen verursachte. Er öffnete die Augen, verzog seinen Mund und meinte trocken: »Da hab ich wohl Schwein gehabt«. Keine Brüche oder Verstauchungen, nur Abschürfungen an Kopf und Rücken, die schnell versorgt waren.

Als ich am Abend zum wiederholten Mal die Kinder ermahnte vorsichtig zu sein, nicht auf den Balken in 4 m Höhe zu balancieren, nicht zu hoch auf die Bäume zu klettern, nicht in der Nähe von landwirtschaftlichen Geräten zu spielen und schon gar nicht an den Teich zu gehen, teilte Annika uns stolz mit, dass sie erst vor Kurzem Christoph, den kleineren Sohn unserer Obermieter, aus dem sumpfigen Teich gerettet hatte.

»Wir haben gespielt«, sagte sie, »und da ist er reingefallen und weil er nicht mehr alleine raus kam, hab ich ihn an der Jacke rausgezogen. Das hat Martin mit mir auch schon mal gemacht. Ich hab im Schlamm festgesteckt«, erzählte sie mit einem unschuldigen Augenaufschlag.

Willi und ich wechselten nur Blicke. Was würde uns noch alles ereilen. Schon kurze Zeit später sollte mir der nächste Schock in die Glieder fahren. Im Vorbeigehen sah ich, dass jemand auf einem unserer Pferde in gestrecktem Galopp um unseren Teich ritt, wendete und wieder zurück unter das Schleppdach preschte. Es dauerte einen Moment, bis mir klar war, wer sich da wie ein Kosak über den Hals des Pferdes beugte. Ich eilte nach draußen, um mir die kleine Madame vorzunehmen. Sie war neun Jahre alt, dünn wie ein Spargel und es war ihr strikt verboten worden auf das noch nicht eingerittene Norwegerpony zu steigen.

Oh Herr, gib mir Kraft und Geduld, schickte ich ein Stoßgebet zum Himmel. Gerade wollte ich sie Maßnehmen, da trat Oma Traudel aus ihrer Haustür und ich erzählte ihr, was gleich passieren sollte.

»Irgendetwas muss sie doch auch von mir haben«, schmunzelte sie.

»Lass sie, komm lieber mit und setz dich zu Oma Grete und mir, das beruhigt«.

An unserer Sonnenbank vor der Scheune angekommen, das Tor war mittlerweile mit einem Fangdraht gesichert, ließen wir uns nieder.

»Als ich so alt wie Annika war, musste ich am Abend immer die Pferde auf die Weide bringen und hab das genauso gemacht. Als ich außer Sichtweite des Vaters war, nahm ich Anlauf und sprang von hinten auf den Rücken des Pferdes. Es gab keinen Sattel oder Zaumzeug, Halfter und Führstrick waren meine Hilfsmittel und ab ging es im Galopp, dass die Zöpfe nur so flogen«.

Das war der Moment, in dem ich aufstand, ins Haus lief, um den *Wurzelpeter*, Oma Traudels Lieblingslikör, zu holen, denn ich sah Ilse, unsere Nachbarin, mit dem Fahrrad in unsere Einfahrt einbiegen. Ilse war die Tochter von Familie Schröder, mit denen meine Schwiegermutter Grete und ihre Kinder immer Kaffee trank, wenn sie in den Ferien nach Boldenshagen kam.

Ilse bewirtschaftete mit Walter, ihrem Mann, den elterlichen Betrieb, bis auch sie der LPG beitreten mussten und jetzt im Rentenalter genoss sie es, die beiden Damen zu besuchen und aus alten Zeiten zu plaudern. Heute war meine Mutter dran, aus ihrer ostpreußischen Jugend zu berichten.

»Hallo Ilse«, begrüßte ich sie und drückte ihr ein Glas in die Hand, »kommst gerade recht, denn früher oder später, trinkt hier jeder Wurzelpeter!«

»Och nee, ick mud doch noch radföhrn, aber Schitt wat, wenn ick duun bün, denn schuf ick, schenk een in.«

Die beiden anderen Damen hielten mir ebenfalls ihre Gläser entgegen und ich schenkte ein.

Oma Traudel

»Wisst ihr, was ein Witter mit Punkt ist?«, fragte Traudel.

Ich wusste es natürlich aus früheren Erzählungen, aber Ilse und Oma Grete schauten fragend von mir zu unserer Ostpreußin. »Das ist ein Korn mit etwas Himbeersirup, damit er besser rutscht. Wenn mein Vater gute Laune hatte, dann holte er die Flasche aus dem Wandschränkchen und schenkte sich einen ein. Leider kam das nicht so häufig vor, aber wenn, dann fing er an zu singen, griff zu seiner Geige und wenn es ganz gut ging, dann holte meine Mutter ihre Mandoline dazu und wir machten Hausmusik.« Kurze Zeit hielt sie inne, sie lächelte und ihr Gesicht verklärte sich, als hörte sie noch die Melodien aus der Vergangenheit.

»Wir Kinder hatten alle schöne Singstimmen«, erzählte sie weiter, »und bei mir hat es noch zur Mundharmonika gereicht. Aber solche Stunden waren nicht so häufig. Die Eltern knechteten von Sonnenaufgang bis zum Sonnenuntergang und wir größeren fünf Kinder mussten mitmachen, Arno und Günther waren noch zu klein, sie genossen sozusagen noch Welpenschutz und durften spielen.« Sie zuckte mit den Achseln, als wollte sie sagen, das war damals bei uns eben so.

»Das Geld war immer knapp«, fuhr sie fort, »und Mutter Lina bewachte die Haushaltskasse wie ein Adler. In ihr waren die Einnahmen aus den Verkäufen von Aalen, Fischen, Butter und anderen Hoferzeugnissen eingeschlossen.

Freitags spannte sie den Wagen an und eines von uns Kindern durfte mit. Sie hatte ihre feste Kundschaft in Königsberg, die sie belieferte. Anschließend ging sie selbst, wirklich nur das Notwendigste einkaufen, aber stets ließ sie ein Tütchen Kalmusglasbonbons für uns Kinder einpacken. Diese Tüte wurde, genau wie das Bargeld, wie ein Schatz ganz oben im Schrank gehütet. Zu hoch für uns Kinder daran zu gelangen. Jeder bekam ein Lutschbonbon. Das war die pure Glückseligkeit für uns.«

Sie stieß einen kleinen Seufzer aus, nahm ihre Brille ab und putzte sie gedankenverloren mit ihrem Schürzenzipfel.

»Ich habe heute noch den Geschmack auf der Zunge«, schmunzelte sie und ließ ihre Zungenspitze über die Lippen gleiten.

»Möglicherweise sollten die Bonbons ein kleiner Trost für uns Kinder sein. Der Vater besaß Fischereirecht auf dem Haff und morgens um drei Uhr kam die Mutter und weckte uns Großen mit den Worten: ›Jungens, Mariellche, aufstehen, Würmer stecken, der Vater geht zum Fischen.‹

Ohne zu murren standen wir auf, zogen unsere Holzpantinen und unsere Jacken an und ab ging es in die beginnende Morgendämmerung Würmer suchen und die Angeln bestecken.«

Meine Mutter lachte gezwungen. Der Blick in ihre Jugend fiel ihr heute wohl besonders schwer.

»Anschließend durften wir noch eine Stunde schlafen und dann ging es zur Schule, drei Kilometer zu Fuß, Sommer wie Winters. Nur in ganz seltenen Fällen brachte der Vater uns mit dem Fuhrwerk oder dem Schlitten hin, es musste auf seinem Weg liegen, wenn es etwas zu erledigen galt. Für ihn zählte nur die Arbeit und wir Kinder mussten spuren. Sprangen wir nicht gleich, holte er schon mal mit der Peitsche aus, die dann schmerzhaft um die Beine sauste. Ich werd' euch gleich helfen, ihr Lorbasse, drohte er dann zornig.«

Innerlich aufgewühlt, ballte sie demonstrativ ihre Hand zur Faust und hob den Arm, ihren Vater nachahmend.

»Komm Oma, wir trinken erst mal einen, damit du dich ein bisschen beruhigst«, erklärte ich und goss unsere leeren Gläser wieder voll. Oma Grete strich meiner Mutter mitfühlend über den Arm, denn sie wusste um die schwere Jugend meiner Mutter und deren Geschwister. Auf ihren täglichen Spaziergängen zur *Freiheit*, einem Plätzchen mit Bank, von dem man einen herrlichen Blick ins Land hatte, vertrauten sie sich manches Erlebnis an.

Sich in die Brust werfend und eine stramme Haltung annehmend, ahmte sie ihren damaligen Lehrer nach: »Schirrmacher, du schläfst schon wieda, pass jefälligst auf, sonst wird nischt aus dir«, schimpfte mich regelmäßig oder olle Ludwig in breitestem Ostpreußisch aus, wenn mir wieder einmal in der zweiten oder dritten Stunde die Augen zufielen, weil die Nacht zu kurz war.

»Was sollte wohl aus mir werden«, seufzte sie und nahm einen kleinen Schluck von ihrem Wurzelpeter, »in Wangitt, unserem winzigen Dorf am Frischen Haff, zehn Kilometer vor Königsberg. Gerda, meine ältere Schwester, hat sich gleich nach der Schule in der Stadt einen Arbeitsplatz besorgt, um dem Regiment der Eltern zu entkommen. Der Vater hat es tatsächlich fertiggebracht, sie zur Begleichung irgendwelcher Rechnungen an den Gutsherrn zu verdingen. Ja, wir waren so etwas wie Leibeigene, billige Arbeitskräfte, und nur der Krieg bewahrte mich Gottlob davor, den Fritz, meinen Cousin, heiraten zu müssen.«

Erst nickte sie mit dem Kopf, dann schüttelte sie ihn.

»Traudelchen«, ermahnte mich meine Mutter, »der Fritz is so a scheenes Jungchen, möchts mal sehen, der kann arweiten, un hält das Jeld zusammen.«

»War es wirklich so schlimm«, fragte Ilse zweifelnd. Unsere Nachbarin war als einzige Tochter etwas behüteter aufgewachsen.

»Na ja, wir hatten satt zu essen und wir Kinder und Jugendlichen trafen uns im Sommer nach der Arbeit oft am Strand. Soll ich Euch was verraten«, fragte Traudel mit verschmitztem Lächeln? »Ich kann nicht schwimmen, obwohl das Haff fast an unsere Stallungen schwappte.«

»Ich auch nicht«, kam es gleichzeitig aus dem Mund der beiden anderen Damen, die ja auch unweit der Ostsee aufwuchsen. »Ich meinte immer, ein Raunen zu hören, es lockte mich, komm mit, komm mit ins kühle Grab. Nur bis zu den Oberschenkeln wagte ich mich ins Wasser, da schnürte mir die Angst schon die Luft ab. Mag sein, dass die Ursache bei meiner Mutter Lina lag. In einer der ganz wenigen vertrauten Stunden erzählte sie, dass sie und mein Vater beinahe im Haff ertrunken und wir, damals noch acht Kinder, beinahe zu Waisen geworden wären.«

Meine Mutter und ich, saßen auf der Bank vor unserem Haus, jeder eine Schale voll Erbsen zum Auspulen auf dem Schoß und nutzten die Stunde bis zum Sonnenuntergang. Unbeweglich lag das Haff vor uns und die Sonne warf eine golden schimmernde Bahn auf das Wasser. Meine Mutter musste genau wie ich von der friedlichen Stimmung erfasst worden sein und begann zu erzählen:

»Nachts hörten wir schon das Eis brechen, erst fängt es an, leise zu knistern, dann knackt es lauter, bis es wie Donnerschläge hallt. Wir wussten, dass das Eis schon anfing zu schieben, aber ich überredete euren Vater, doch noch mal aufs Eis zum Fischen zu gehen. Wir brauchten doch das Geld für die neue elektrische Dreschmaschine, jetzt wo wir endlich Strom hatten. Spät am Abend war er immer noch nicht zurück und da bekam ich furchtbare Angst. Ich rannte in den Stall und spannte das Pferd vor den kleinen Wagen und fuhr ihm übers Eis entgegen. Um mich herum knirschte und knackte es, mein Herz krampfte sich vor Furcht zusammen, endlich sah ich die Laterne in der Ferne schimmern. Im Galopp jagte ich das Pferd über die brechende Fläche. Bei ihm angekommen sprang er auf, nahm mir die Zügel und die Peitsche aus der Hand und drosch auf das Pferd ein. Unter ohrenbetäubendem Kreischen riss das Eis neben uns auf. Todesangst ergriff uns. Ich flehte um Erbarmen. Wir sahen den Hof schon, meinten, es geschafft zu haben. Plötzlich scheute das Pferd und bäumte sich mit vor Angst schrillem Wiehern auf, vor ihm gähnte ein knapp zwei Meter breiter Spalt. Der Vater stand auf, beugte sich nach vorn, schrie, ›In Gottes Namen spring jetzt!‹, und versetzte dem Pferd so einen heftigen Peitschenhieb, dass es einen verzweifelten Satz über die Spalte machte. In dieser Nacht gelobte ich, nie mehr auf das Eis zu gehen, wenn es anfängt zu schieben.«

Ihre abgearbeiteten, rissigen Hände lagen untätig in der Schüssel, der Blick war in die Ferne gerichtet. Ich schaute sie von der Seite an und sah einen feuchten Schimmer in ihren Augen, die von feinen Fältchen eingerahmt waren. Zutiefst bewegt schwieg ich. Erst jetzt fiel mit auf, wie sehr sie von den vielen Schwangerschaften und der harten Arbeit auf dem Hof gezeichnet war.

»Komm Traudel, machen wir Schluss.« Schwerfällig stand sie auf, streckte den ständig schmerzenden Rücken und lenkte ihre Schritte zum Hintereingang, der in die Waschküche führte.

Ich war noch immer wie gelähmt von dem Geständnis. Die Szenerie wiederholte sich in meinem Kopf und ich dankte dem Herrn, dass er dieses Unglück von uns abgewendet hat. Für uns Kinder hatten die bitterkalten Winter keine Schrecken. Wenn das Haff zugefroren war, dann spannten wir die Mäntel auf und segelten auf unseren Schlitten und Schlittschuhen um die Wette über das Eis, das es nur so eine Wonne war.

Ich hörte die scharfe Stimme meiner Mutter aus der Küche nach mir rufen. Von der Vertrautheit war nichts mehr zu spüren, ich war wieder die Tochter, die zu gehorchen hatte.

»Kommt, lasst uns auf den Spaß in der Jugend und auf das Glück, das wir im Leben erfahren haben, trinken.« Traudel hob ihr Glas und wir vier Frauen prosteten uns zu.

»Ich war siebzehn«, fuhr meine Mutter fort, »als mir mein Vater eröffnete, dass ich mit Irmchen, meiner Cousine nach Schleswig-Holstein zur Schwester gehen sollte.«

»Der Russe steht vor der Tür, nutzt die Gelegenheit, im Schutz des Rückzuges unserer Soldaten zu gehen«, erklärte uns mein Vater.

»Meine Flucht hatte begonnen. Beim Abschied steckte meine Mutter uns Mädchen einen Schutzbrief zu und ihr glaubt es vielleicht nicht, der rettete uns das Leben.«

Traudel legte eine Pause ein, um das verrutschte Kissen auf dem sie saß zu richten.

»Komm, vertell wiider«, forderte Ilse sie zum Weitererzählen auf.

»Irgendwo auf unserem Rückzug, den Ort hab ich vergessen, hörten wir Sirenen heulen und rannten um unser Leben in Richtung Schützengraben, den wir in den Tagen zuvor ausgehoben hatten. Wir erreichten ihn nicht. Heilloses Durcheinander herrschte, flüchtende Menschen stolperten, fielen hin und rafften sich wieder auf. Granaten schlugen um uns ein und ließen die Erde beben und auf uns nieder prasseln. Durch die Druckwelle wurden Irmgard und ich auf die

Erde geschleudert und den Kopf mit den Händen schützend blieben wir liegen, bis der Sturm vorbei war. In meinem Kopf herrschte eine eigenartige Leere und undurchdringliche Stille«.

Sie rieb ihre Hände und fuhr sich durch die Haare, als ob sie die Frisur richten müsste, so wie damals nach dem Angriff. Sekunden des Schweigens vergingen, bis sie ihren Bericht fortsetzte.

»Minuten lang blieben wir liegen, unsicher lauschend, ob nicht doch noch mal ein Flugzeug zurückkommen würde, um den Beschuss fortzusetzen. Es blieb alles ruhig und ich rappelte mich auf. Ich war so sehr mit mir beschäftigt, um meine Kleider abzuklopfen, den Schmutz aus Gesicht und Haaren zu schütteln, festzustellen ob ich verletzt war, dass ich überhaupt nicht bemerkte, dass Irmgard immer noch am Boden saß. Zutiefst erschrocken beugte ich mich über sie, denn ihr Gesicht war blutüberströmt. Irmgard komm, wir müssen ins Lazarett. ›Kannst du laufen?‹ ›Hast du dir was gebrochen?‹ ›wo tut es noch weh‹, sprudelte es aus mir heraus, wobei ich ihre Hände fasste um die hochzuziehen. Dabei löste sich mein Mantelgürtel und fiel zu Boden. Ich bückte mich um ihn aufzuheben und bemerkte, dass ein Granatsplitter in der Schnalle steckte, der mich genau so gut hätte arg verletzen können. In dem Moment war ich felsenfest davon überzeugt, dass der Schutzbrief meiner Mutter uns das Leben gerettet hat. Irmgards Kopf war voller kleiner Splitter, die später operativ entfernt werden konnten.«

»Gottes Wege sind unergründlich«, stellte Oma Grete fest und die Damen wiegten zustimmend mit dem Kopf.

»Wir haben es bis zum Wasser geschafft und sind mit dem Schiff nach Dänemark übergesetzt. Einen direkten Weg nach Holstein gab es nicht mehr. Und wenn ihr mich jetzt fragt, ob wir mit der Gustloff hätten fahren sollen, dann kann ich nur sagen, Gott sei Dank nein. Das Unglück ist etwas später passiert, wir hörten davon im Radio, das uns im dänischen Lager täglich mit Neuigkeiten aus der Heimat versorgte. Jeden Abend lauschte eine Traube von Menschen der Stimme des Nachrichtensprechers und verfolgte so den erbitterten Kämpfen ihrer Brüder und Männer. In diesem Lager bin ich übrigens so fett geworden, wie nie mehr sonst in meinem Leben. Ich durfte nämlich in der Küche arbeiten und hab den Käse mit Butter gegessen. Wenn ich daran denke, wie ausgehungert ich war. Ich wog nur noch 48 kg bei 1,65 m, als ich im Lager ankam; und ich dankte jeden Tag dem lieben Gott dafür, in Sicherheit zu sein.«

»Ja, das waren Zeiten«, seufzte sie, senkte den Blick und rollte ein Ende ihrer Kittelschürze ein, »hoffentlich kommen sie nie wieder.«

Ich nahm sie fest in die Arme und drückte ihr einen Kuss auf die Wange.

»So meine Damen, trinkt nicht so viel und benehmt euch und vielleicht erzählst du den beiden doch noch die Geschichte von Hermannchen, dem Spökenkieker, der die Kuh ohne Kopf gesehen hat, ich kümmere mich jetzt um meine Kälber, morgen sollen sie das erste Mal auf die Weide.«

Die Hände auf die Hüfte stemmend erhob ich mich und stellte fest, dass von meinem Zorn auf meine Tochter nichts mehr übrig geblieben war, aber eine Ermahnung am Abend würde ich bestimmt nicht auslassen.

Auftrieb

Ich ging Richtung Stallung, mixte die Milch an und goss sie in die Tröge, mittlerweile eine Routinearbeit, die mir zügig von der Hand ging. Ganz anders als vor vier Monaten, als mich die Kälbchen mit großen Augen anschauten und hungrig blökten.

Das Milchpulver, die Eimer und der Messbecher lagerten anfangs in unserem Keller, weil es im Stall keinen Wasseranschluss gab, und unter Zuhilfenahme eines Taschenrechners ermittelte ich akribisch genau die benötigte Flüssigkeits- und Pulvermenge. Das war wichtig, denn bei falscher Dosierung hätte es zu Ernährungsstörungen kommen können. Es ist dann manchmal doch passiert, trotz Rechner.

Es war umständlich und beschwerlich, die gefüllten Eimer über den Hof zu tragen, aber im Winter konnte das Pulver nicht im Stall gelagert werden, weil es dort zu feucht war und die Qualität beeinträchtigt hätte.

Ich war fasziniert, von der Idee einen richtigen Bio-Bauernhof aufzubauen. Fleisch zum Verkauf und eigenen Verzehr artgerecht aufzuziehen, mit Gemüseanbau und einem Café mit selbst gebackenen Kuchen und Torten für die Gäste. Manchmal verzagte ich, weil die Arbeit einfach nicht zu schaffen und mein persönlicher Plan nicht so einfach umzusetzen war.

»Mädchen, nicht immer alles auf einmal und zehn Hühner machen noch lange keine Eierfabrik. Du willst zu viel auf einmal. Schraub doch mal einen Gang zurück und erledige das, was du schaffen kannst, Eile mit Weile«, ermahnte mich mein mir angetrauter, gebürtiger Mecklenburger.

Natürlich, aber das ist leichter gesagt als getan.

Täglich, um 6 Uhr morgens rüstete ich mich zum Kampf mit den Vierbeinern. Das Spiel begann, beide Eimer gleichzeitig über die Brüstung, in den Trog stellen, umgreifen, von Henkel zu Rand, und richtig gut festhalten. Kälber und anderen Säugern ist ein Stoßreflex angeboren, der die Milchproduktion im Euter der Mutterkuh auslösen soll, bei der Eimertränkung allerdings völlig überflüssig ist. An jenem Morgen waren die kleinen Biester besonders übermütig. Drei Tiere steckten gleichzeitig den Kopf in einen Behälter und das vierte stieß so heftig gegen den zweiten, dass die Milch nur so schwappte und im Stroh versickerte.

»Ihr saublöden Kreaturen«, schimpfte ich und bemerkte nicht, dass Inge unsere Zeitungsfrau das Schauspiel beobachtete.

»Ich glaube, Du brauchst dringend Hilfe«, stellte sie fest. Kurz entschlossen nahm sie mir einen Eimer ab, öffnete die Tür zur Bucht, stellte sich hinein und konnte so die Tiere abwehren, die ihr Quantum schon weghatten. Eine großartige Idee. Ich dagegen hing über der Reling, den Hintern hoch und den Kopf nach unten, sodass ich den Mätzchen der Biester ausgeliefert war. Von da ab richtete Inge ihre Tour so ein, dass sie immer zur gleichen Zeit auf dem Hof ankam, um mir zu helfen. Hilfe, die ich dankbar annahm.

Es war der große Tag. Meine acht Kälber sollten das erste Mal in ihrem Leben auf die Weide. Trotz anfänglicher Verdauungsprobleme (wahrscheinlich hervorgerufen durch meine Unkenntnis) waren sie prächtig gediehen. Wie würden sie sich fühlen, wenn sie der Enge des Stalles entkommen und die Freiheit der großen Weide erleben würden? Inges Mann Gerhard und sie, die Fachleute, wollten eigentlich mit anpacken, waren aber leider verhindert, dafür heuerten wir Konrad an. Konrad war Gärtner, Imker und Verbandsmitglied der Karnickelzüchter und bei uns immer mit an der vordersten Front und stets ein gern gesehener Gast.

»Los Willi, mach die Tür auf, dann greifen wir eins, ich vorn und Du hinten«, tönte es in voller Lautstärke über den Hof, und dann Richtung Koppel.

»Pass aber auf und greif den Stert (Schwanz), wenn er ausbüxen will, dann drehst Du ihn nach oben, dann hält das Kalb an.«

»Ja, okay, mach ich«, entgegnete Willi etwas unsicher und betrat den Stall, öffnete die Boxentür und griff sich wahllos ein Kalb. Erst neugierig Richtung Stalltür laufend, dann abrupt bremsend, stand es da. Keinen Zentimeter vor oder zurück.

»Los Willi nu mach mal, greif den Stert«, schrie Conrad von draußen.

»Das geht nicht, komm rein und hilf mir«, schrie Willi zurück.

In dem Moment schoß das Vieh wie von der Tarantel gestochen ohne Warnung nach vorn durch die Tür, Willi am Schwanz hängend hinterher. Am Türrahmen wurde er abgehängt. Draußen, im Sonnenlicht angekommen blieb das Kalb wieder urplötzlich stehen, alle vier Beine fest auf den Boden gestemmt. Zu dritt versuchten wir, das Tier über den Hof zu zerren, ohne Erfolg, es sträubte sich mit allen Mitteln.

»Hat keinen Zweck«, stellte Konrad fest, richtete seinen Blick auf Willi und mich und wischte sich den Schweiß mit einem großen, karierten Taschentuch von seiner Glatze.

Als ob wir das nicht auch gemerkt hätten. Noch ratlos über eine Lösung nachdenkend, hörten wir meine Mutter von ihrer Terrasse zu uns herüberrufen: »Versucht es doch mal mit einem Halfter und einem Strick.« Ja, das konnte die Lösung sein, Strick her, kleines Ponyhalfter angelegt, nun aber los. Immer noch nichts. Konrad zog, Willi schob und ich half nach.

»Nu mach doch mal«, brüllte Konrad wieder.

»Wenn doch das Mistvieh nicht will«, brüllte Willi zurück. Und da passierte es. Plötzlich bewegte es sich, fünf Sprünge, eine Vollbremsung und Willi lag auf dem Kalb, dem just in dem Moment vor lauter Panik der Schließmuskel versagte.

»So eine Scheiße«, entfuhr es meinem Mann und alle, die dem Spektakel zusahen, bogen sich vor Lachen.

Weiter ging es mit Ziehen, Schieben und Tragen. Sprintend und stolpernd beförderten wir das erste Tier auf die Weide. Beim zweiten oder dritten Kalb erkannten wir, dass wir ihnen nicht die Sicht nehmen durften. Sie hatten einfach Angst und das Hochhalten des

Schwanzes war bei den restlichen Kälbern nicht mehr notwendig. Auf der Wiese angekommen flippten sie aus, wie die Böckchen oder Hasen tobten sie über die Weide, voller unbändiger Lebensfreude.

Kalmus und seine Folgen

»Es besteht keine Hoffnung mehr auf Besserung oder Heilung«, eröffnete mir mein Mann, während er seine Jacke an die Garderobe hängte. Gegen die Spüle gelehnt berichtete er mir, dass seine Nieren fast vollständig ihren Dienst eingestellt hatten.

»Und was bedeutet das konkret, welchen Einfluss wird es auf dein Leben – unser Leben haben?«

»Vorerst muss ich zwei Mal die Woche zur Dialyse nach Rostock, wenn es nicht reicht, drei mal. Ich bin bis auf Weiteres krankgeschrieben und werde wohl Rente beantragen müssen«, ergänzte er resigniert, dreht sich um und ging nach draußen.

Ein bisschen zu früh für die Rente und im Alter von knapp 50 Jahren darüber nachdenken zu müssen. Verzweifelt verdrängte ich die Gedanken an die Zukunft. Drei alte Herrschaften, zwei schulpflichtige Kinder und ein Hof, der gerade erst wieder anfing, wie ein Hof auszusehen. Finanzielle Verpflichtungen und ein kranker Mann. Keine Möglichkeit der Umkehr. Nein, nein und noch mal nein, ich bereute auf keinen Fall den Gang hier in den Osten. Aber die Aussichten waren wahrhaftig nicht rosig.

»Vertrau auf Gott, es wird schon werden«, versuchte mich, meine Mutter zu trösten.

»Lass uns an den Teich gehen und den Abend genießen«, schlug ich meinem Mann vor.

»Soll ich sicherheitshalber mein Merkheftchen mitnehmen?«

»Wer schreibt, der bleibt«, konterte ich, »und ohne Fleiß kein Preis.«

»Du bist nicht mehr weit von deiner Mutter entfernt«, parierte er.

Wir setzten uns in die Laube, die Willi in die Sträucher geschnitten hatte und am Tage auch gerne von den alten Damen genutzt wurde, jetzt am Abend gehörte sie uns.

»In diesem Teich waren wir als Kinder noch baden. Und Kämpfe haben wir Dorfkinder hier ausgetragen. Das glaubst Du nicht. Halbe Holzfässern waren unsere Schlachtschiffe und selbst geschnitzte Schwerter unsere Waffen. Damals gab es hier sogar noch Aale und einen hab ich sogar mit den bloßen Händen gefangen. Wir krochen trotz striktem Verbot ständig am Ufer herum, immer auf der Suche nach irgendwelchen Schätzen, Schnecken, Blutegeln, Muscheln, da sah ich etwas im Wasser liegen, sah aus wie ein Knüppel und griff zu. Sekundenlang hielt ich einen ausgewachsenen Aal in den Händen. Er wand sich natürlich sofort wieder aus meinem Griff und verschwand im trüben Wasser. Heute würde ich mich nicht mehr so ohne Weiteres in diesen Teich trauen, wer weiß, was da alles im Laufe der Jahre hinein geworfen wurde.«

»Wir sollten ihn vielleicht ausbaggern lassen, dann sind wir auf der sicheren Seite. Stell Dir mal vor, eines der Kinder, ob unsere oder Urlauberkinder verletzt sich, dann haben wir aber den Hauptgewinn. Für die Sanierung von Teichen zu Löschzwecken soll es auch Fördergelder geben«, erinnerte ich mich und versprach ihm, bei Gelegenheit nach Möglichkeiten Ausschau zu halten.

»Die Art und Weise vom Vatter funktionierte ja nicht«, erinnerte sich Willi schmunzelnd.

In irgendeiner Zeitung hatte Opa Willi gelesen, dass Stroh dem Schlamm im Teich den Kampf ansagen und ihn beseitigen würde. Folglich holte der alte Herr sich rund 10 Strohbunde, die bei uns griffbereit unter dem Schleppdach lagen und verteilte sie gleichmäßig unter Einsatz seiner letzten Kraftreserven in dem Teich. Nun war das Gewässer aber so flach, dass die Bunde nicht untergingen, sondern zur Hälfte aus dem Wasser ragten und den Enten als Rastplätzchen dienten. Natürlich mussten die Pakete wieder entfernt werden, denn wir hatten nicht die Zeit um festzustellen, ob diese Methode für eine Teichsanierung geeignet war. Auch seine Bemühungen, ihn von Hand zu entschlammen, schlug fehl. Es dauerte eine gute Woche, bis das Wasser mithilfe einer Tauchpumpe abgesaugt war und der Untergrund sichtbar wurde. Anschließend zog der Vater Entwässerungsgräben in die Teichsohle, damit der Grund schneller austrocknete. Er gab die Sanierung auf, nachdem er mehrfach im Schlamm steckenblieb und sich nur mit Mühe ans Ufer retten konnte. Dieses Unternehmen musste professioneller angegangen werden.

Am darauf folgenden Tag ging ich an die Arbeit und machte die Ansprechpartner für die Teichsanierung ausfindig. Schnell landete ich beim Amt für Umwelt und Natur, was ja auch nahe lag, und man bejahte meine Nachfrage auf Förderung. Voraussetzung sei aber wie immer, ein Antragsverfahren, einhergehend mit Gutachten, Zeichnungen und Kostenberechnungen. Nachdem ich alles zusammengetragen und wir um 5.000 DM ärmer waren, stand eines Tages eine Dame vor unserer Tür, mit einer wichtigen Akte unter dem Arm.

»Guten Tag, ich bin vom Amt für Umwelt und Natur, mein Name ist Dahlmeier und ich möchte mir gerne den Teich ansehen, den sie sanieren wollen.«

Hoch erfreut darüber, dass die Sache schon bearbeitet wurde, begrüßte ich sie und wir gingen in Richtung Gewässer.

»Wissen sie Frau Roßmann, ich bin ja schon mal rum gegangen. Bevor ich mich bei Ihnen meldete und hab mir das Gelände oberflächlich angesehen. Dabei ist mir einiges aufgefallen.«

Aha und was mochte das wohl sein? Verbarg sie etwas vor mir?

Plötzlich blieb sie stehen und rief: »Nein, das glaub ich nicht, Kalmus, sooo viel Kalmus, das hab ich ja noch nie gesehen, sooo viel Kalmus, auf einer Stelle.«

Blitzartig stand das Bild der Glasbonbons aus der Jugend meiner Mutter in Königsberg vor meinem geistigen Auge, Bonbons mit Kalmusstückchen. Verwirrt blieb ich stehen und fragte wahrscheinlich etwas dümmlich: »Ja und?!«

»Wissen Sie denn nicht, dass Kalmus unter Naturschutz steht«, klärte mich Frau Dahlmeier auf.

»Und übrigens, Ihnen ist doch klar, dass der Schlamm, der in dem Teich lagert, Sondermüll ist, der muss auf einer Sonderdeponie entsorgt werden«.

Fassungslos schaute ich sie an und brachte nur noch hervor.

»Wer sagt das denn?«

»Also«, fing sie an, mich zu belehren, »die Analyse des Schlammes hat Schwermetalle nachgewiesen, die nicht in die freie Natur verbracht werden dürfen, sondern in einer eigens dafür hergerichteten Lagerstätte sicher untergebracht werden müssen. So wie Sie sich das vorstellen, ausbaggern und den Schlamm um den Teich herum verteilen, geht das gar nicht! Da werden die Schadstoffe doch freigesetzt und überhaupt, dabei würde ja der Kalmus zerstört werden, das geht erst recht nicht. Ich an Ihrer Stelle würde mir das noch einmal ganz genau überlegen, ob Sie sich diese Kosten zumuten wollen.« Sprachs und verabschiedete sich.

Ich war wie vom Donner gerührt und ließ ratlos meinen Blick über das Idyll schweifen. Erst am Abend, als ich das Erlebte und Gehörte erzählte, ging mir die Unsinnigkeit dessen, was Frau Dahlmeier mir klar zu machen versuchte, auf.

Jahre später, fanden wir eine preiswertere und einfachere Lösung, um die Sicherheit der Kinder zu gewährleisten. Über diese Schildbürgerposse unterhielt ich mich mit einem befreundeten Tiefbauer, der mir dann erklärte: »Teiche, oder bei uns auch Sölle genannt, sind Überreste von Urströmen. In den Millionen von Jahren haben sich diese Stoffe am Boden abgelagert und weil Schwermetalle auch natürlichen Ursprungs sind, findet man sie eben konzentriert im Schlamm dieser Teiche.«

Eine einleuchtende Erklärung, ärgerlich allerdings, weil wir für dieses Wissen so viel Geld ausgeben mussten.

Unbeirrt von solchen Fehlschlägen bauten wir stetig unseren Hof wieder auf, verschönerten, erweiterten, legten an. Wir setzten 1000 Narzissenzwiebeln, damit unsere ersten Urlauber gleich mit einem Frühlingsgruß empfangen wurden. Das Abenteuer Gästebetreuung konnte beginnen und wir glaubten, alle erforderlichen Voraussetzungen dafür geschaffen zu haben. Ponys standen auf der Koppel, Pickeldie und Frederik die Schweinchen, suhlten sich im Koben (Verschlag), Kühe grasten auf der Weide, Hühner und Trulli der Truthahn scharrten im Gehege, Kaninchen hoppelten in der Bucht, Kätzchen schnurrten um die Beine und alles wurde von Viktor, unserem Pudelhund, bewacht. Alles wäre wunderbar gewesen, wenn nicht der ständig erhöhte Finanzbedarf im Frühjahr gewesen wäre. Wir mussten eine neue Quelle ausfindig machen.

Strukturanpassungsmaßnahmen

Das Zauberwort lautete »Strukturanpassungsmaßnahme Ost«. Um der Arbeitslosigkeit zu begegnen und den Aufschwung im Osten zu beschleunigen, hatte die Bundesregierung dieses Programm aufgelegt. Der Vorteil dieser Maßnahme war, dass der Arbeitnehmer ein Jahr vom Arbeitsamt bezahlt wurde, lediglich der Arbeitgeberanteil zur Sozialversicherung war vom Arbeitgeber zu leisten und ich gedachte diesen Vorteil zu nutzen. In einem Gespräch mit dem netten Herrn vom damaligen Arbeitsamt erläuterte ich, was ich für Vorstellungen von einer Mitarbeiterin hatte und es dauerte gar nicht lange, bis sich meine Strukturanpassungsmaßnahme Ost vorstellte.

Frau Kruse war mein Hauptgewinn. Sie konnte selbstständig denken, putzen, kochen, bedienen, war immer freundlich, aufgeschlossen und guter Dinge. Diese Anstellung hatte für uns zwei entscheidende Vorteile, Frau Kruse verdiente Geld, was sie dringend für ihre Familie brauchte, mich kostete sie nur einen relativ kleinen Betrag, der auch noch steuerlich geltend gemacht werden konnte und mir bot sich die Möglichkeit eine gut bezahlte Teilzeitbeschäftigung in einem Alten- und Pflegeheim anzutreten.

»Hallo Frau Kruse, was machen sie denn da?«, rief ich gut gelaunt und stieg schwungvoll aus dem Auto.

»Wir bauen jetzt einen Kaninchenstall«, antwortete Sie mit Ihrer markanten, rauchigen

Stimme, wischte sich die Hände an ihrer Schürze ab, um sie mir zur Begrüßung zu reichen.

»Wer ist denn wir«, fragte ich neugierig.

»Der dicke Uwe und ich haben beschlossen, eine größere Bucht für den Karnickelnachwuchs zu bauen, wir brauchen noch mehr Bretter.«

Ich ging in den Schuppen, aus dem sie gekommen war und sah unseren dicken Helfer mit Schrauber und Brettern hantieren.

»Uwe, das Brett ist doch zu kurz, das hab ich dir doch vorhin schon gesagt«, wies Frau Kruse ihn zurecht und nahm es ihm aus der Hand.

»Ihr Mann ist damit einverstanden«, ergänzte sie noch, und ging, um neues Material zu besorgen.

Bei genauerer Betrachtung stellte ich fest, dass die Maße der zukünftigen Bucht etwas aus dem Rahmen fielen.

»Das wird ja ein Kaninchenpalast«, wendete ich mich an unseren Mitarbeiter, der achselzuckend entgegnete, dass Frau Kruse das so wollte.

»Na ja, dann macht mal«, ermunterte ich ihn und wendete mich bereits ab, da fiel mir ein, dass ich ihn doch fragen wollte, ob denn der Apfelsaft geschmeckt hat.

»Och, ganz gut«, grinste er und senkte seinen Blick.

»Wissen Sie, was sie da getrunken haben«, fragte ich mit gespielter Strenge in der Stimme.

»Ich konnte es nicht herausschmecken, also Apfelsaft war es nicht, hat aber geschmeckt«.

»Damit sie es wissen Herr Müller, meine Mutter hat ihnen versehentlich Löwenzahnwein gegeben. Sie müssen doch angetrunken gewesen sein«.

»Und ich hab gedacht, das schmeckt ein bisschen nach Alkohol, hoffentlich ist der nicht schlecht, aber ich hatte solchen Durst und musste ihn trinken«, entgegnete er mit einem schrägen Grinsen. Vor mich hin lächelnd drehte ich mich um Richtung Wohnhaus und dachte an die Gäste aus Ostfriesland, die mir das Rezept verrieten.

```
Man nehme:
3,5 l Löwenzahnblüten, 4 l Wasser,
1,5 kg Zucker, 1 unbehandelte Zitrone,
1 unbehandelte Orange, 10 g Hefe.
Wasser aufkochen, Blüten damit übergie-
ßen, 5 Minuten ziehen lassen und absei-
hen. Den Sud 15 Minuten einkochen,
Zucker zugeben. Die ungeschälten Früchte
in Stücke schneiden, dabei Kerne entfer-
nen, und ebenfalls zugeben. Abkühlen
lassen. Dann die Hefe einrühren und über
Nacht stehen lassen, in ein Gärglas
abseihen und mit einem leichten Tuch
abdecken. Gären lassen und nach einigen
Wochen klärt sich das Ganze von selbst,
wird goldgelb, ist trinkfertig und macht
dun (betrunken).
```

In Frankreich und in Ostfriesland heißt Löwenzahn Pissenlit. Ein Schelm, der da eine gewisse Namensverwandtschaft entdeckt. Uns Uwe jedenfalls hätt he schmeckt un mi ok.

Café olè

»Es ist an der Zeit, unser geplantes Café ins Leben zu rufen, Herr Rossmann!«

»Und wo meinst du, sollte das eingerichtet werden«, murmelte er geistesabwesend. Versunken in die Betrachtung der Sternbilder, lag er in seinem Gartensessel, das Fernglas vor seine Augen haltend.

»Guck mal, da fliegt ein Satellit, am Himmel ist ja die Hölle los«, bemerkte er und schwang sich wieder in Sitzposition.

»Ich bin der Meinung, dass sich der hintere Teil des ehemaligen Schweinestalles ganz wunderbar dafür eignen würde. Unter der Treppe, die zum Boden führt, richten wir eine Abstellkammer ein, Oma gibt ihren Flur ab, sodass wir einen Hintereingang zur Küche haben, installieren für Männlein und Weiblein Toilettenanlagen und wenn der Platz ausreicht, bauen wir unsere Sauna ein, die ja immer noch auf dem Boden eingelagert ist, und haben damit noch ein zusätzliches Angebot für unsere Gäste. Ist das nicht ein toller Plan«, schloss ich mein Plädoyer.

Ich brauchte kein Licht um zu sehen, wie er die Augen verdrehte.

»Du wirst sehen, das ist eine zusätzliche Werbemöglichkeit und so ein Bauernhofcafé gibt es hier weit und breit nicht. Unser Umsatz wird sich steigern und du kannst jeden Tag Kuchen und Eis essen«, lockte ich.

»Kann man nicht einmal in Ruhe seinen Feierabend genießen, ohne gleich wieder einen Fünfjahresplan serviert zu bekommen? Das ist moderne Sklaverei, die du hier betreibst«, empörte sich mein Mann und wollte aufstehen.

»Und wer wollte diesen Hof zurückhaben und wieder bewirtschaften«, entgegne ich schärfer als gewollt.

»Komm, es muss doch fertig werden, uns bleibt keine Wahl mehr, es muss vorwärtsgehen, außerdem ist es ja bald geschafft, es ist das i-Tüpfelchen, das uns noch gefehlt hat«, beschwichtigte ich.

»Ich bin müde und es ist spät, ich gehe ins Bett, morgen muss ich wieder zur Dialyse.«

»Geh nur, ich komme auch gleich nach.«

Ja, morgen ist Dialyse, das hieß wieder ein ungenutzter Tag. Drei davon in der Woche, ein Sonntag und drei Tage, die nur mit halber Kraft gefahren werden konnten. Musste ich ein schlechtes Gewissen haben? Verlangte ich zu viel? Ich ging doch selbst an meine Grenzen. Was hatten wir denn für eine Alternative? Verkaufen? Wohin dann mit den alten Leuten? Nein, Augen zu und durch, es gab kein Zurück, auch auf die Gefahr hin, Sklaventreiber genannt zu werden. Entschlossen stand ich auf, trug die Gläser in die Küche, schloss alle Türen ab.

Die Haustür klappte und ich wusste, es ist 10 Uhr, meine Mutter würde gleich in die Küche treten um sich um die Zubereitung unseres Mittagessens zu kümmern. Für sie eine gerne ausgeübte Beschäftigung und für mich eine große Hilfe.

Nach kurzer Besprechung der Mahlzeit kam ich ohne Umschweife auf mein Anliegen zu sprechen. »Mama, ich brauch deinen Flur, der soll zur Café-Küche umfunktioniert werden und deine Speisekammer wird dein neuer Eingang.«

Entweder traute sie sich nicht zu protestieren, oder ich musste mein Vorhaben so überzeugend erläutert haben, dass sie gleich ihre Einwilligung gab. Außerdem versprach ich ihr kostenlosen Kaffee und Kuchen bis an ihr Lebensende.

Zum Saisonauftakt war das Café fertiggestellt und wir bewirteten mit Erfolg die ersten Gäste. In der Mehrzahl besuchten uns Familien mit Kindern. Die Eltern und Großeltern konnten in Ruhe meine Köstlichkeiten genießen, während die Kinder ausgelassen im Stroh tobten oder auf den Ponys ritten.

»Siehst du Willi, mein Plan ist aufgegangen. Alle sind zufrieden. Opa bekommt jeden Sonntag seinen Eisbecher und jede Menge Unterhaltung mit den Gästen und der Rest der Familie immer das, was übrig bleibt, was willst du mehr.«

Ich klagte nicht über die stressigen Momente, wenn ohne Anmeldung ganze Fahrradgruppen einfielen und alle gleichzeitig versorgt werden wollten, wir schafften es. Nur manchmal verlor ich ein Wort, wenn nur zwei einsame Gäste einkehrten und ich unsere Wendegeschichte zum wiederholten Mal erzählen und wieder die leckere Torte an unsere Schweine verfüttern musste.

»Mir ist was eingefallen, wie wir kostengünstig mehr Werbung für unser Café machen können«, erklärte ich meinem Mann.

»Na, spuck es aus.«

»Pass auf«, begann ich.

»Wir haben doch so viele Bücher, die können für einen Euro je Stück verkauft werden und den Erlös spenden wir dem Verein, der sich um krebskranke Kinder in Rostock kümmert. Ich werde mit dem Lokalreporter der Tageszeitung sprechen, der wird ganz bestimmt über die Aktion einen Artikel schreiben wollen, so was interessiert doch den Leser, oder? Wir könnten auch die Kaffeegäste bitten Bücher, die sie loswerden wollen, vorbeizubringen. Damit beleben wir ganz bestimmt das Cafégeschäft.«

Willi nickte nur ergeben mit dem Kopf und meinte: »Du machst das schon.«

Ich war ganz euphorisch und suchte mir umgehend das Telefonbuch hervor, um nach der Telefonnummer des Vereines zu suchen, erklärte der Geschäftsführerin meine Idee und dass wir das gespendete Geld dem Verein zur Verfügung stellen wollten. Ich bot ihr aber auch einen Tag auf unserem Ferienhof an. Erfreut nahm sie mein Angebot an.

An einem sonnigen Nachmittag im September fuhr ein großer Bus auf unseren Hof, der große Tag war da. Großeltern und Eltern mit erkrankten Kindern und deren Geschwister stiegen erwartungsvoll aus. Mein Herz zog sich zusammen beim Anblick einiger kahlköpfiger Kinder. Erinnerungen an die schreckliche Zeit, als unsere Tochter gegen diese Krankheit kämpfte, kamen hoch. Aber die vor Freude leuchtenden Augen beim Streicheln der kuschelig weichen Kaninchen verdrängten die dunklen Gedanken. Es wurde ausgelassen getobt und gelacht. Man ließ sich den Kuchen und Kaffee schmecken und zum

Abschluss des Tages wurde für jeden noch eine Wurst gegrillt und ein Bierchen getrunken. Dankbarkeit und tiefe Zufriedenheit war spürbar. Wie versprochen besuchte uns Thomas Hoppe, der Lokalreporter der Ostseezeitung und schrieb einen ausführlichen Artikel. Die Spendenaktion und der Bericht hatten für uns die gewünschte Wirkung, was uns aber noch viel wichtiger war, Herr Hoppe machte auf eine Gruppe Menschen aufmerksam, die nicht nur Leid durch Krankheit und Tod erleben müssen, sondern auch schnell in finanzielle Not geraten, wenn ein Elternteil sich intensiv um das kranke Kind kümmert, tröstet oder einfach nur da ist. In den meisten Fällen gibt es Geschwisterkinder, die ebenfalls Betreuung, Fürsorge und Liebe brauchen.

Der Stoppelacker

»Kommst du mit? Ich gehe jetzt Kartoffeln stoppeln! Regina und Peter sagen, das tun alle und das macht Spaß«, fragte ich meinen Mann.

»Können wir uns keine mehr leisten?«, entgegnete er.

»Ach Quatsch, einfach nur so, ist doch schönes Wetter. Wenn du nach hinten gehst, dann bring bitte zwei, drei Säcke und zwei Eimer mit, ich hole inzwischen die Autoschlüssel.«

Wir fuhren nur knapp einen Kilometer, da waren wir auch schon am Kartoffelacker. Unübersehbar groß war das Feld und im vorderen Bereich bereits gerodet. Wir parkten unseren Geländewagen am Wegrand und stiegen aus, in der Hoffnung auf guten Fund. Mit Gummistiefeln und warmen Jacken bekleidet gingen wir, uns nach herumliegenden Kartoffeln umschauend, über den Acker. Vereinzelt lagen sie oben auf, aber die waren schon etwas grün und nur noch für die Schweine genießbar, andere steckten noch im Boden und die wanderten in den Eimer. Noch auf der Suche nach dem Spaß an dieser Aktion, sah ich einen Jäger auf uns zukommen. Grüne Jacke, russische Winterfilzstiefel an den Füssen, Hut auf dem Kopf und Flinte auf dem Rücken.

»Was machen Sie denn da«, sprach er uns an.

»Ich denke, das sehen Sie, Kartoffeln stoppeln«, entgegnete ich freundlich lächelnd. Irgendwie war mir die Sache aber peinlich.

»Und wer hat Ihnen das erlaubt?« Alles wurde noch peinlicher. Ich versuchte die Flucht nach vorn.

»Wir nehmen Ihnen doch nichts weg, im Gegenteil, wir bewahren Sie vor weiteren Flurschäden. Nach jeder Kartoffel die wir aus dem Boden sammeln, sucht kein Schwein mehr, und der Boden wird nicht aufgewühlt, das müssten sie als Jäger am besten wissen.«

Wo war das nächste Loch, in dem ich versinken konnte? Hatte ich das nötig, mir Kartoffeln von anderer Leute Äcker zu holen? Da hinten stand ein Auto, davon träumte jeder ehemalige DDR-Bürger und ich ließ mich des Kartoffeldiebstahls bezichtigen. Uns fiel kein vernünftiges Argument mehr ein, jede Entschuldigung war überflüssig. Auch die Entgegnung, dass wir, wie von ihm vermutet, keine Reihen aufgegraben hätten, fühlte sich lau und kraftlos an.

Nie mehr in meinem Leben hab ich so eine Erniedrigung erfahren. Nachdem der Jäger gegangen war, sahen Willi und ich uns betreten an, schütteten die Kartoffeln aus und trollten uns. Nie, nie mehr im Leben, so etwas braucht kein Mensch. Von wegen, dass macht jeder, mein lieber Peter. Ich nahm mir vor, bei der nächsten Chorprobe ihm die Leviten zu lesen.

Freundschaften und eine etwas andere Abiturfeier

Gar nicht lange nach unserem Umzug in den Osten wurden wir von einer uns damals unbekannten, jungen Frau Namens Ilona, angesprochen, ob wir nicht Lust hätten im Kröpeliner Kirchenchor mitzusingen. Einmal in der Woche sei Probe und wir würden immer nur zu besonderen Anlässen auftreten. Ob unsere Stimmen ausreichten, würde Christine unsere Leiterin, am Mittwoch feststellen.

»Ja gerne, wir kommen.«

Fünfundzwanzig Jahre begleiten uns diese damals eingegangen Freundschaften nun schon und wir möchten sie auf keinen Fall missen. Ganz dick sind sie nicht, aber beständig, verlässlich und ehrlich. Einer der gewichtigsten Gründe dafür, dass hier unsere Wurzeln so tief und fest geworden sind.

Birgit und ich bauten ein Floß, für unsere Ferienkinder aus einem Traktorreifenschlauch und Brettern, das fast 15 Jahre die sommerlichen Stürme auf unserem Hofteich überstand. Bettinas Jungs stellten, auf unseren gemeinsamen Silvesterpartys ehrfurchtsvoll fest, dass man aus Blei weissagen konnte. Schmidts lernten, Girlanden für Hochzeiten zu binden. Andrea, unsere Haus- und Hofoptikerin weiß jetzt wie Rosetten aus Servietten gebastelt werden und Olaf, uns Pasting, Pilzsachverständiger und leidenschaftlicher Koch, hat manches Rezept mit mir getauscht und ausprobiert und ohne seine Gitarre gibt es keine klingende Geburtstagsfeier.

Christine unsere Fleischereifachverkäuferin mit dem großen Herzen und dem Ohr für jedermann, Heinz, der Mann für alle Fälle, jeder Zeit bereit ist zu helfen, hat stets einen unanständigen Witz in petto. Sie alle, und manche Ungenannte nahmen uns in ihre Mitte auf, gaben uns ein weiteres zu Hause und immer wieder Mut zum Weitermachen.

»Hast du da noch Töne? Gerade ist tatsächlich ein Auto aus Aachen vom Hof gefahren, mit Oma, Kleinkind und Eltern, die eine Unterkunft suchen. Ob wir nicht wenigstens für die Oma einen Platz hätten, fragten sie. Stell dir mal vor, auf meine Frage, ob sie denn nicht reserviert hätten, jetzt mitten in der Saison, verneinten sie. Sie waren der Meinung, man bekäme doch immer irgendwo ein Quartier. Den ganzen Tag suchen sie schon und haben immer noch nichts gefunden, so etwas verantwortungsloses«, empörte sich Willi.

»Ich will ja nichts sagen, aber man könnte auf die Idee kommen, unseren Hof zu erweitern«, entgegnete ich. »Es sind ja nicht die ersten Urlauber, die in der Hochsaison noch nach freien Unterkünften suchen. Das Café erfüllt seinen Zweck. Die Leute sehen oben an der Straße die Werbetafel und schon sind sie hier und wenn sie erst einmal hier sind, dann sollte man sie auch festhalten, oder?«

»Sag mir, welche Möglichkeiten wir noch haben, dann können wir zu gegebener Zeit darüber befinden«, entgegnete er, legte seinen Hut auf den Ofen und setzte sich an den Mittagstisch, um herzhaft zuzugreifen. Die deftige Hausmannskost, die meine Mutter täglich zubereitete, schmeckte uns immer.

»Wann müssen wir eigentlich auf Tobias Abiturfeier sein und wo genau findet sie überhaupt statt?«, fragte er und schob sich einen Bissen in den Mund.

»Heute Abend um 18 Uhr sollen wir im ehemaligen Scan-Hotel in Kühlungsborn sein. Birgit übernimmt um 16 Uhr das Café, dann hab ich noch genug Zeit mich hübsch zu machen. Kaum zu glauben, acht Jahre ist es nun schon her, dass wir hier unsere Zelte aufgeschlagen haben. Kannst du dich noch daran erinnern, dass Tobias der Meinung war, die Leute würden hier noch auf den Bäumen wohnen, und heute? Kein Wochenende ist er mehr hier, Pepelow und die rote Wiese sind sein zweites Zuhause.«

Es klingelte an der Tür und ich erhob mich, um nachzuschauen, wer das war. Ich dachte daran, was eine Dame aus der Tourismusbranche einmal scherzhaft gesagt hatte: »Wer Gäste beherbergt, der ist noch nicht einmal im Schlafzimmer vor ihnen sicher.« Es waren Ferienkinder, die wissen wollten, wann das Ponyreiten stattfindet. Ich vertröstete sie auf 14 Uhr und kehrte wieder an den Mittagstisch zurück.

»Ich möchte nicht wissen, was dort auf der Wiese so abgeht«, nahm ich das von den Kindern unterbrochene Gespräch wieder auf, »aber solange keine Polizei auf dem Hof steht, ist ja noch alles im grünen Bereich. Ich freue mich jedenfalls für ihn, dass er so nette Freunde hat. Und nun ist er fast erwachsen, wo ist nur die Zeit geblieben«, stellte ich kopfschüttelnd fest.

»Ich leg mich noch ein Stündchen auf Ohr, damit ich heute Abend etwas länger durchhalte«, erklärte Willi und erhob sich.

»Mach nur, ich räume noch ab und mach' bis zum Ponyreiten auch noch eine Pause.«

Pünktlich um 16 Uhr knatterte Birgit mit ihrer *Schwalbe* auf den Hof, um den Dienst im Café zu übernehmen. Sie kommt ebenfalls aus Holstein und studierte Innenarchitektur in Heiligendamm an der Kunsthochschule und wir sangen gemeinsam im Kirchenchor. Ihre unbeschwerte und pragmatische Art gefiel mir sehr, immer gut aufgelegt, mit 1000 Ideen im Kopf. Zusammen haben wir das Floß konstruiert, das heute noch seines gleichen sucht. Es ist so groß, dass es nur mit mindestens zwei Personen und langen Stangen zu bewegen ist, was natürlich stets zu einem mehr oder weniger gewollten Bad führte.

»Seid ihr startklar?«, rief sie gut gelaunt schon an der Tür.

»Hab ich irgendetwas Besonderes zu beachten?«

»Nein Birgit, es ist wie immer, um 18 Uhr kannst du zumachen. Bleib, so lange du Lust hast, unsere Urlauber kennst du ja, vielleicht haltet ihr noch einen kleinen Schnack.«

»Gib mir lieber noch eine Telefonnummer, falls doch etwas vorfällt«, bat sie und suchte einen Zettel, auf dem sie die Nummer notieren konnte.

»Was soll denn passieren, Anreisen sind keine mehr und wir sind doch in vier oder fünf Stunden wieder da, aber wenn es dich beruhigt, hier ist Willis Handynummer und sollte der ganz große

Notfall eintreten, es wird im Scanhotel, in Kühlungsborn gefeiert.«

Ja, wir waren schon früh stolze Besitzer eines Handys. Mein Mann stand seit einigen Monaten auf der Transplantationsliste für eine Spenderniere und musste jeder Zeit für die Uniklinik erreichbar sein. Zum Abschied drückte ich sie noch einmal dankbar und ging ins Haus, um den letzten Schliff an mir vorzunehmen.

»Kannst du mir bitte mal diese schreckliche Krawatte vernünftig binden«, knurrte mein Gatte aus dem Schlafzimmer kommend und reckte mir seinen Hals entgegen, damit ich mich des Problems annehmen konnte.

»Möchtest Du lieber den doppelten, englischen Kentknoten oder den einfachen Beerdigungsknoten«, alberte ich und zog ihn fest.

»Danke, es reicht, du würgst mich schon, aber so schnell wirst du mich nicht los«, meinte er und lockerte die Krawatte wieder.

»Ich schob ihn etwas von mir weg und stellte fest, »Schick sehen sie aus Herr Rossi! Vergiss aber nicht, deine Schlappen gegen Schuhe auszutauschen. Übermütig drehte ich mich vor ihm und fragte kokett:

»Nehmen sie mich so wie ich bin mit?«

Auf seine unvergleichlich trockene und charmante Art antwortete er: »Du bist die Schönste!«

Die Handtasche und den Mantel über den Arm gelegt, hakte ich mich bei ihm unter. Auf einem Bauernhof braucht man eine Stütze, weil man leicht Gefahr läuft mit hohen Absätzen im Boden zu versinken, oder zwischen Pflasterfugen hängen zu bleiben. Viel Vergnügen wünschten unsere Gäste, die uns selten in so einem Staat erlebten und anerkennende Blicke folgten uns.

Jedes Mal, wenn ich den Hof verließ, ging ich in Gedanken noch einmal alle Möglichkeiten durch, um Unvorhergesehenes weitestgehend auszuschließen. Nein, es gab keine Schwachstellen, Koppelzäune waren kontrolliert, Urlauber alle da, Birgit hütete das Café und im Notfall waren unsere Senioren auch noch da, außerdem fuhren wir nicht in Urlaub, sondern nur 10 Kilometer weiter zu einem Fest, beruhigte ich mich.

Auf dem Hotelgelände angekommen, ließ Willi mich aussteigen und fuhr den Wagen zum Parkplatz. Festlich gekleidete Jugendliche und Eltern flanierten durch die Gänge, blieben in Grüppchen stehen, um sich zu unterhalten, während wir uns durch die Menge schlängelten, um unseren Sohn zu suchen. Wir ließen unsere Blicke über die Menge im schon gut gefüllten Saal schweifen, in der Hoffnung, Tobias mit Ines, seiner Freundin und Mitschülerin und späteren Frau, schnell ausfindig zu machen. Stolz wie Oskar kam er auf uns zu, begleitete uns zu den reservierten Plätzen und stellte uns etwas linkisch Ines' Eltern vor. Anfangs war die Atmosphäre am Tisch ein bisschen steif, aber nach dem ersten Glas Wein wurde sie zusehends lockerer. Es gab Ansprachen der Rektorin des Heinrich-Schliemann-Gymnasiums aus Neubukow und anderen Persönlichkeiten; Belobigungen für hervorragende schulische Leistungen und nach Abschluss des offiziellen Parts wurde das Essen serviert. Wir waren gerade beim Hauptgericht angelangt, als Herr

Willi Roßmann über die Lautsprecheranlage dringend ans Telefon gerufen wurde. Beinahe hätte ich mich an einem Stück Roulade verschluckt. Wir blickten uns alle sprachlos an. Eine Gedankenflut ging mir durch den Kopf und blieb hoffnungsvoll an der Vorstellung hängen, dass eine Spenderniere gefunden war.

»Wo ist dein Handy«, fragte ich, »wer weiß denn noch, dass wir hier sind, das kann doch eigentlich nur Birgit sein, aber die hat doch deine Telefonnummer.«

»Mein Telefon ist im Handschuhfach des Autos, es geht mir auf die Nerven, dass Ding immer mit rumschleppen zu müssen. Monatelang ist nichts passiert, warum sollte ausgerechnet jetzt, in den vier oder fünf Stunden eine Niere für mich da sein«, erklärte er und ging eiligen Schrittes in Richtung Rezeption.

Gespannt warteten wir auf seine Rückkehr. Vermutungen flogen über den Tisch hin und her, aber auf die Idee, dass zu Hause etwas nicht ganz in Ordnung sein könnte, kamen wir nicht. Allein die Vorstellung, eine Spenderniere läge für Willi bereit, elektrisierte uns und abenteuerliche Spekulationen wurden geäußert. Es dauerte nicht lange und unser Rätselraten war beendet. »Das war Birgit, die Kühe sind ausgebrochen.«

Ich reichte ihm wortlos die Autoschlüssel aus meiner Handtasche und er machte sich auf den Weg zum Hof, um seiner Pflicht als Landwirt nachzukommen.

Die Veranstaltung war bereits in vollem Gange, da erschien der Bauer wieder. Anzug und die

Krawatte saßen korrekt und der Gesichtsausdruck war entspannt, was auf schönes Wetter schließen ließ.

Erfüllt von Neugierde über das Geschehene, nahm ich die Autoschlüssel wieder in Empfang. Es konnte kein schwerwiegender Vorfall gewesen sein, denn er unterdrückte gewaltsam sein Lachen.

»Los, raus mit der Sprache«, forderte ich ihn auf, was ist passiert?

»Also«, begann er theatralisch, »Michaels Bulle hat auf der anderen Koppel junges Blut gerochen, ist einfach durch den Zaun gegangen und unsere Kühe sind ihm gefolgt.«

»Ja und dann«, fragte ich?

»Na, für die anderen zum Verständnis, muss ich jetzt wohl ein bisschen ausholen.«

An die Tischgemeinschaft gewandt begann er zu erzählen:

»Michael ist unser Nachbar, wie bereits erwähnt Bundestagsabgeordneter aus Schleswig-Holstein, genau wie wir Wendebauer, züchtet ebenfalls Galloways, allerdings ist seine Herde beträchtlich größer als unsere. Um frisches Blut in die Zucht zu bekommen, hat er sich einen hübschen jungen Zuchtbullen gekauft und wir nutzen ihn auch für unsere Mädels, was dem Nachbarn recht ist, denn so ein junges männliches Tier will beschäftigt sein.«

Die jungen Leute am Tisch kicherten und blickten sich verschämt errötend an. Rudi, Ines Vater, lachte dröhnen und schlug belustigt mit der Hand auf den Tisch und ich knuffte Willi in die Seite.

»Offenbar hat er sich auf unserer Koppel gelangweilt«, fuhr mein Mann fort, »denn die Arbeit an unseren Mädels war schon erledigt und wer kann den Verlockungen des weiblichen Geschlechtes schon widerstehen?«

»Wo er recht hat, hat er recht«, meinte Rudi belustigt, wofür er sich von Ines Mutter einen strafenden Blick einhandelte.

»Die Tatsache, dass der Bursche einfach so durch den Zaun gegangen ist, ist an sich ja nicht schlimm und dass unsere Damen ihm gefolgt sind auch nicht, nur es war schon ziemlich dunkel und ich konnte sie einfach nicht mehr erkennen.«

Willi griff zu seinem Glas, um einen Schluck zu trinken.

»Als ich auf den Hof kam, wollte ich meinen Augen nicht trauen. Alle unsere Feriengäste waren auf den Beinen und umstellten ihn. Wolfram, der sechzehnjährige Sohn der Familie Kruschel saß auf dem Traktor und blockierte die Straße nach Gersdorf. Benni der sechsjährige Adoptivsohn von Familie Damm hopste oben auf den Strohballen mit einem Stock bewaffnet und schrie aus Leibeskräften: ›das sind die tollsten Ferien meines Lebens!‹, Inge meine Kälberhelferin und Zeitungsfrau stand hilflos um sich schauend in Michaels Kuhherde und die restlichen Gäste verteilten sich auf dem Gelände und blockierten, was noch zu blockieren war. Mein erster Gang führte mich in den Keller. Ich zog mir meine Gummistiefel an, nahm einen Eimer mit Futter und stellte mich an den nachbarschaftlichen Zaun. Vielleicht erkennen sie meine Stimme, dachte ich, und fing an zu locken.

Jeden Abend folgen sie meinem Ruf: ›Komm Galli, Galli, Galli, komm.‹ Leise muhend kommen sie dann angetrottet und holen sich ihre Leckerbissen ab, dabei senken sie ihren Kopf und ich muss ihnen die puscheligen Ohren kraulen. Dass es ihnen gefällt, kann man direkt sehen.

Galloways sind Fleischrinder, die nicht gemolken werden und somit ist der tägliche Umgang begrenzt. Um ihr Vertrauen zu gewinnen, muss man sie mit Leckereien verwöhnen, damit wir sie im Ernstfall auch anfassen können, oder der Tierarzt seine Arbeit verrichten kann. Meine Stetigkeit machte sich jetzt bezahlt. Ich rief: ›Kommt Mädels, ab nach Hause, der Ausflug ist vorbei!‹

Und siehe da, drei Köpfe hoben sich aus der Menge und bereitwillig, unter dem Applaus unserer Feriengäste, folgten sie mir auf ihre heimische Koppel. Das Loch im Zaun hatte ich natürlich schon geflickt.

So, nun kann die Party weiter gehen«, schloss er seinen Erlebnisbericht und bedauerte, den größten Teil des Menüs verpasst zu haben.

Wir amüsierten uns köstlich über seine Geschichte und der Gedanke, dass Bauer Willi mit Anzug, weißem Hemd und Schlips bekleidet, in Gummistiefeln die Kühe umgetrieben hat, ließ mich immer wieder kichern. Tief seufzend, als ob er Schwerstarbeit verrichtet hätte, nahm er sein Glas zur Hand und wir stießen alle auf den Viehtrieb an.

»Komm, wir gehen tanzen«, forderte ich ihn auf »aber vorher lass dich mal riechen, nicht, dass gleich ein Bannkreis um uns geschlagen wird«, flüsterte ich ihm ins Ohr.

Wir genossen das Fest noch einige Zeit und überließen dann den jungen Leuten die Tanzfläche und die Bar.

Wieder zu Hause angekommen, besprachen wir natürlich noch einmal das Geschehene mit der Urlaubergemeinschaft und Birgit, die noch immer die Stellung hielt, berichtete noch einmal bildhaft von ihrer verzweifelten Bemühung uns zu erreichen. Ein Prösterchen auf die Hilfsbereitschaft.

Feriengäste und ein neuer Plan

Die Familien Dame und Kuschel gehörten zu unseren treuesten Gästen, getoppt wurden sie nur noch von Familie Müller/Martin. Marlena, Familie Müllers Tochter und Martins Enkelin, war gerade mal drei Jahre alt, als sie ihren ersten Urlaub bei uns verbrachte. Mittlerweile studiert sie, verbringt aber trotzdem Jahr für Jahr die Sommerferien mit ihrer Familie auf unserem Hof. Die Leidenschaft für Pferd und Reiten hat sich gelegt, dafür genießt sie jetzt den Strand und die Natur. Motte, der heisere Familienbeagle, ist bedauerlicherweise nicht mehr, stellvertretend wird sie aber seit einiger Zeit von Hoppel, dem Hasen, mit dem ganzen erforderlichen Equipment in die Sommerfrische begleitet. In den ersten Jahren war Marlenas Vater noch mit von der Partie, ein leidenschaftlicher Taucher, der die Fischgründe und versunkenen Schiffe vor Kühlungsborn mit Schnorchel, Sauerstoffflaschen und Schwimmflossen erkundete.

Eines Morgens, in Eile wie immer, hastete ich über den Hof und schlug eine Abkürzung, um die überdachte Terrasse der Ferienwohnung von Familie Müller ein. Ich war schon daran vorbei, da gefror mir das Blut in den Adern und blieb abrupt stehen. Etwas schwarzes, menschgroßes, mit Armen, Kopf und Beinen, hing bewegungslos am oberen Querbalken. Mein Mund wurde trocken und das Herz fing an zu rasen. Mein Gott, was ist das denn, ging es mir durch den Kopf. Hingehen und nachschauen? Nein, auf keinen Fall. Hilfe holen, bevor die anderen Gäste aufwachten und den Selbstmord bemerken, die Polizei benachrichtigen, dafür musste ich mich aber bewegen und ins Haus gehen. Lieber Gott steh mir bei, so ein Drama. Sekunden später löste sich meine Erstarrung und ich war in der Lage, ein Bein vor das andere zu setzen. Den Blick zur anderen Seite gerichtet rannte ich ins Haus.

Willi saß am Frühstückstisch und war dabei ein Toastbrot mit selbst gemachtem Himbeergelee zu bestreichen. Ohne Punkt und Komma zu setzen, platzte ich mit dem Entsetzlichen heraus. Mein Bericht hatte noch nicht geendet, da war er schon auf dem Weg zum Tatort. Lieber Leser, sie ahnen sicher schon, was jetzt kommt. Es verhielt sich nämlich ganz ähnlich wie an jenem Abend in der alten Heimat, an dem der Cousine Sylvia das schwarze Negligé, wie ein Gespenst ins Gesicht geweht war.

Herr Müller, der Taucher, hatte am Abend zuvor seinen schwarzen Neoprenanzug an einer Strippe am obersten Balken gehängt und obendrein die Kapuze zur besseren Trocknung ausgestopft. Eine schauerliche Szenerie, die durch den leisen Morgenwind, der den Anzug sachte schaukeln ließ, noch verstärkt wurde. Geschockt ging ich wieder ins Haus, machte mir einen Kaffee und setzte mich in mein Büro, um auf andere Gedanken zu kommen.

Irgendwann kramte ich die Baugenehmigung für unser nächstes Projekt aus meinem Büroschrank und blätterte unschlüssig darin herum: Eine Heuherberge sollte es werden.

Vor etlichen Wochen rief mich ein guter Bekannter, ebenfalls Touristiker, an und machte mich auf einen Informationstag auf Gut Klein-Nienhagen aufmerksam. Dort sollten eine Mitarbeiterin der Landwirtschaftskammer Niedersachsen, ein Architekt und der Bauamtsleiter des Kreisbauamtes Bad Doberan Interessenten über die Möglichkeiten, Voraussetzungen und Bestimmungen bei der Einrichtung einer Heuherberge informieren. Ich fuhr hin und hörte mit großem Interesse, dass so eine Heuherberge eine reizvolle und einfache Möglichkeit sei, Ressourcen zu nutzen und die Attraktivität eines Bauern- oder Ferienhofes zu steigern. Außerdem stellte sie eine zusätzliche, nicht unbeträchtliche Umsatzsteigerung in Aussicht.

Schon seit einiger Zeit lag es uns auf der Seele, dass unsere Pferde keinen richtigen Stall für strenge Winter hatten, aber eine große Feldscheune ungenutzt auf unserem Gelände herumstand. Genauso unbefriedigend war die Tatsache, dass wir in der Hochsaison ständig Gäste mit den Worten »Leider alles belegt!«, abweisen mussten. Hier stand ein perfektes Objekt, um zwei Fliegen mit einer Klappe zu schlagen.

Wieder auf unserem Hof, berichtete ich Willi von dem Gehörten und brauchte mich nicht besonders anzustrengen, um ihn für das Vorhaben zu begeistern. In den folgenden Wochen loteten wir unsere finanziellen Möglichkeiten aus und überlegten, was alles in dieser Scheune untergebracht werden sollte. Klar war, die Pferde brauchten ausreichend große Boxen. Sanitäre Einrichtungen mussten installiert werden und Willi sollte endlich eine schöne Werkstatt haben. Wir berieten und planten, schätzten ab, ob unsere Kräfte ausreichen würden, das Vorhaben zu realisieren. Immerhin musste Willi immer noch wöchentlich drei Mal nach Rostock zur Dialyse, Grund genug, genau darüber nachzudenken, ob es sinnvoll war, den Hof zu erweitern.

Es sollte so sein. In dieser Zeit der Findung klingelte das Telefon und wir erhielten die ersehnte Nachricht, dass eine Spenderniere gefunden worden war. Aufgeregt suchte ich Willis Sachen zusammen, denn die Operation sollte bereits am nächsten Tag stattfinden. Die Freude über das Glück, bald endlich wieder ein einigermaßen normales Leben führen zu können, ließ uns die Tragik, die hinter einer Organspende steckt, verdrängen. Ich nehme an, dass mein Mann nicht nur einmal dem Spender und dem Herrn für sein neues Leben gedankt hat. Wer auf die Blutwäsche angewiesen ist, muss täglich mit vielen Einschränkungen leben. Wir haben auch nicht gefragt, ob er an der Reihe war, ein Organ zu bekommen. Wichtig war, dass er einen soliden Lebenswandel führte, nicht rauchte und trank, verlässlich seine Medikamente nahm, alles wichtige Faktoren und Garanten für eine lange Lebensdauer eines Spenderorgans. Bei Willi passte alles zusammen.

Ich brachte ihn in die Uniklinik und überließ ihn den Ärzten und Pflegekräften und verabschiedete mich mit einem bangen Gefühl, denn egal wie groß eine OP ist, es ist immer ein gewaltiges Risiko und wenn es schief geht, was dann?

Gott sei Dank verlief der Eingriff ohne Komplikationen, aber die bange Frage, ob der Körper das Organ annehmen und es seine Aufgabe übernehmen würde, hing tagelang wie ein Damoklesschwert über uns.

In blauer, steriler Schutzkleidung steckte ich meinen Kopf zum Krankenzimmer hinein und sah ein blasses Gesicht in den Kissen. Schläuche hingen aus dem Bett und führten zu Geräten, die piepsend, tickend und leise zischend maßen, aufzeichneten und überwachten. Schwestern eilten hin und her, bereit, bei kleinsten Unregelmäßigkeiten sofort einzugreifen, eben Intensivstation.

Ich zog mir einen Stuhl heran und setzte mich an sein Bett, betrachtete das schmal gewordene Gesicht meines schlafenden Mannes, mit dem ich nun schon 22 Jahre verheiratet war. Wir sind durch dick und dünn gegangen, hatten bis jetzt, trotz Widrigkeiten und Meinungsverschiedenheiten zusammengehalten.

Er war gerade geschieden worden und wollte mit seinem Freund Günther ein langes Pfingstwochenende in unserem Dorf verbringen. Opa Willi, sein Vater, hatte ein heruntergekommenes Reetdachhaus als Urlaubsdomizil erworben und notdürftig so hergerichtet, dass es schon von der Familie genutzt werden konnte. Meine spätere Schwiegermutter liebte die Seenähe und das dörfliche Leben, es erinnerte sie an Boldenshagen, außerdem wähnte sie gute Geister in dem Haus. Freund Günther hatte meine jüngere Schwester bereits vor einigen Wochen auf einer Tanzveranstaltung im Ort kennengelernt und drängte Willi, sich um mich zu kümmern, damit er freie Bahn hätte. Sein Plan ging auf, Willi war abgelenkt und ich war nicht abgeneigt, die Bekanntschaft zu machen.

Nach vielfacher Hin-Und-Herfahrerei zwischen seiner Heimatstadt Oberhausen und Todenbüttel, meinem Wohnort, entschloss ich mich zu einem Besuch. Ich wollte doch mal sehen, wie er da so in der Stadt lebte. Mit schnell gepackter Reisetasche, roter Baskenmütze kokett auf dem Kopf, stieg ich in meinen fünfzehn Jahre alten VW-Käfer, dunkelgrün mit schwarzen Stoßstangen und mit mindestens 25 große und kleine Marienkäferaufklebern auf der Haube. Die Aktion Landmaus besucht Stadtmaus war eingeläutet und endete mit unserer Hochzeit. Für seinen sechs Jahre alten Sohn Thorsten übernahm ich die Mutterrolle. Bald nach der Trauung eröffnete Willi senior uns, dass der Baubetrieb wegen schlechter Auftragslage veräußert werden musste und wir am besten in Holstein, in dem alten Reetdachhaus unser Zuhause einrichten sollten. Er und seine Frau Grete würden ins Sauerland gehen und dort im Hause eines bekannten Unternehmers unterkommen, bis wir uns etabliert hätten und sie zu uns ziehen könnten.

»Hallo Herr Rossi, ich bin es«, flüsterte ich, berührte sacht seinen Arm und drückte ihm vorsichtig einen Kuss auf die Stirn. Nur in ganz vertrauten Momenten nannte ich ihn bei diesem Namen, den ich ihm nach einer Kindersendung mit dem Titel »Herr Rossi sucht sein Glück« gegeben hatte. Herr Rossi fand immer sein Glück.

»Hallo«, murmelte er undeutlich. Ein schwaches Lächeln huschte über sein Gesicht und er drückte ganz leicht meine Hand. Ganz langsam kam er zu sich.

»He, geht es dir einigermaßen?«

Er nickte nur ganz leicht zur Bestätigung.

»Gib mir etwas zu trinken«, bat er mich und ich reichte ihm den Becher, der griffbereit auf seinem Bettschränkchen stand. Nachdem er seinen Mund und die Lippen benetzt hatte, ging es mit dem Sprechen besser.

»Die Operation ist ohne Komplikationen verlaufen und die Ärzte haben mir richtig viel Hoffnung gemacht. In einigen Tagen werden die unterstützenden Medikamente abgesetzt und dann stellt sich heraus, ob unser Optimismus gerechtfertigt ist. Wenn ja, Frau Rossi, wird die Welt wieder ganz anders aussehen.« Mit diesen Worten schloss er die Augen, um wieder in den Schlaf zu versinken.

Bei jedem nächsten Besuch sah er besser aus und seine Lebensgeister regten sich mehr und mehr, bis er mich bat, Millimeterpapier und Zeichenutensilien ins Krankenhaus mitzubringen.

»Mir sind da noch so einige Ideen für unsere Heuherberge gekommen, die muss ich unbedingt aufzeichnen, außerdem komme ich hier vor Langeweile um.«

Gleich am nächsten Tag brachte ich ihm das Gewünschte und innerhalb kürzester Zeit präsentierte er mir seinen Plan.

»Also hier«, begann er zu erklären, »werden fünf große Pferdeboxen gebaut, die eine Decke bekommen, sodass im Winter die Wärme nicht ungehindert nach oben entweichen kann, und damit ein begehbarer Boden entsteht. Hier führt dann eine Treppe nach oben. Hier links unten, im vorderen Bereich, richte ich mir eine Werkstatt ein, und im hinteren bauen wir den Sanitärtrakt. Dadurch entsteht in der Mitte die sogenannte Stallgasse, wo eine Tischtennisplatte aufgestellt und gespielt, oder auch gefeiert werden kann.«

Von seinen Ausführungen völlig gefangen genommen fuhr er sich mit der Hand durch Haare, die sowieso schon wirr vom Kopf abstanden.

»Schau«, fuhr er mit seinen Erläuterungen fort, »nun haben wir auf beiden Seiten Decken, bzw. Böden, die für die Heukojen genutzt werden können. Wir verbinden beide Seiten durch eine Brücke, dadurch entsteht eine schöne Galerie. Die Kojen werden drei mal zwei Meter groß, mit Holzwänden voneinander getrennt und vorn, der Einstieg, wird 50 cm hoch, damit das Heu auf dem man schläft, nicht herausfällt. Damit es noch ein bisschen heimeliger wird, kannst du Vorhänge nähen, die an einer Stange angebracht werden und wenn sie zugezogen sind, bedeutet das »besetzt«, niemand hat Zutritt. Hier, in dieser Ecke richten wir eine Küche ein, um den Gästen eine Möglichkeit zur Zubereitung des Mittag- und Abendessens zu schaffen. Und wenn wir ganz viel Geld haben, dann wird dieser Platz vor der Scheune überdacht.«

Langsam faltete er seine Zeichnung zusammen und schaute mich erwartungsvoll an.

»Klasse, das gefällt mir richtig gut. So machen wir das. Jetzt musst du nur noch ganz gesund werden, dann legen wir los«, freute ich mich und knuffte freundschaftlich seinen Arm.

»Gib dem Architekten diese Zeichnung, er soll sie vervollständigen und einreichen und wenn ich aus der Kur zurück bin, ist die Baugenehmigung vielleicht schon da.«

Der von uns beauftragte Architekt übernahm und ergänzte Willis Entwurf, fügte die Antragsformulare hinzu und reichte alles in mehrfacher Ausfertigung ein. Zuerst musste die Zustimmung der Gemeinde, dann der Stadt und zum Schluss die des Kreises eingeholt werden. Ein schwieriges Unterfangen, denn mit solchen Unterkunftsformen war man dort noch nicht konfrontiert worden. Wie groß ist das Brandrisiko? Wie oft sollte die elektrische Installation überprüft werden? Wie verhinderte man am wirkungsvollsten das Übergreifen eines eventuell ausbrechenden Feuers von einer Koje auf die andere? Fragen über Fragen! Wir bekamen die Auflage, alles, auch die unten entstandenen Pferdeboxen von innen und von außen mit einem nicht entflammbaren Anstrich zu versehen und die Kojen mit feuerfestem Rigips, also Gipskarton, zu verkleiden. Die elektrischen Leitungen sollten jährlich überprüft, und Lichtquellen durften nicht in den Kojen installiert werden. Manches war völlig einleuchtend, manches überzogen, aber wenn es der Sicherheit diente, dann sollte es so sein.

Wie erwartet, erhielten wir zeitgleich mit dem Kurende die Genehmigung zum Bau und konnten beginnen. Viel Zeit blieb uns nicht, sollten die Umbauarbeiten bis zu Beginn der nächsten Saison fertig sein. Die Scheune bestand aus vier Mauern, einem festgestampften Lehmboden und das Blechdach wurde von acht, 10 Meter hohen Holzständern getragen, also rund 3000 Kubikmeter umbaute Luft. Die galt es, entsprechend unseres Planes, auszustatten. Meine Aufgabe war es, für diese Form der Übernachtung eine Klientel zu finden, damit sich die Investitionen auch lohnten. Sich allein auf die Urlauber, die keine Zimmer bzw. Wohnungen im Vorfeld gebucht hatten zu verlassen, würde nicht ausreichend sein.

Egal wo ich war, überall und jedem, ob er es hören wollte oder nicht, erzählte ich von unserer neuen Übernachtungsmöglichkeit und eine der ersten Schulklassen, die uns besuchte, war die meiner Tochter aus Kröpelin. Annikas Klassenlehrerin war eine unkomplizierte Frau, die sich nicht bei dem Gedanken schüttelte, in einer Scheune zu übernachten. Der Anfang einer Erfolgsstory war damit gemacht. Das Paket umfasste eine Übernachtung mit Frühstück im Heu, Ponyreiten, eine Traktorfahrt und Herumtoben in der offenen Strohscheune, bei schönem Wetter und Erlaubnis der Eltern auch noch eine Floßfahrt auf unserem Teich.

Parallel zu meiner verbalen Werbung gingen an alle Schulen und Kitas in einem Umkreis von 30 km Anschreiben mit Prospektmaterial hinaus, in der Hoffnung, das sich unsere Scheune füllte.

Am Set

Eines Tages klingelte das Telefon.

»Ferienhof Poggendiek, guten Tag, sie sprechen mit Frau Roßmann, was kann ich für Sie tun?«

»Guten Tag, hier ist der NDR, Frau Roßmann. Sind sie die Betreiberin des Heuhotels in Boldenshagen?«

Ich glaubte, mich verhört zu haben.

»Ja, was kann ich für Sie tun«, fragte ich mit belegter Stimme.

Wollte die Dame mir Werbung verkaufen? Sofort nahm ich eine Abwehrhaltung ein, wir mussten Geld verdienen, nicht ausgeben. Oder wollte sie etwas ganz anderes, ich wagte, nicht zu hoffen. Mir wurde ganz heiß.

»Frau Roßmann, wären sie damit einverstanden, wenn wir ein Fernsehteam zu ihnen auf den Hof schicken. Wir haben von Ihrem Heuhotel gehört und würden es gerne unseren Zuschauern vorstellen.«

Selbstverständlich gab ich meine Zustimmung und wir vereinbarten einen ersten Besprechungstermin. Benommen legte ich den Hörer auf. Das Fernsehen wollte uns filmen. Laut nach meinem Mann rufend lief ich nach draußen und fand ihn auf dem Traktor. Wild gestikulierend bedeutete ich ihm, anzuhalten und mich mitzunehmen. Ich war einfach außer mir vor Freude und berichtete ihm, während er weiterfuhr und das Heu wendete, von dem Telefonat. Seine Aussage, dass sich endlich mal die GEZ-Beiträge auszahlten, kommentierte ich nicht. Natürlich war er, genau wie ich, freudig überrascht und sich sehr wohl der Werbewirksamkeit so eines Fernsehbeitrages bewusst.

Wir telefonierten einige Male und der erste Besuchstermin wurde gleich der erste Drehtag. Kurze Regieanweisung: »Frau Roßmann machen sie doch mal die Heubetten, wie sie das immer tun und erklären es unseren Fernsehzuschauern, zwischendurch beantworten sie bitte unsere Fragen. Vergessen sie nicht, zu lächeln, kann es losgehen? Kamera läuft ...«

Oh Gott, ich glaubte, in Ohnmacht fallen zu müssen. Wie aus weiter Ferne hörte ich eine Stimme, die sagte »Frau Roßmann, erklären sie doch bitte unseren Zuschauern ...«, und ich erklärte, die Gabel in der Hand, das Heu auflockernd. Weiter ging es auf der Terrasse. Ein Sessel stand dort, in den ich mich setzen und Fragen zu dem Werden des Hofes und der Herberge beantworten sollte. Ich meinte, Schwerstarbeit zu leisten. Nachdem diese Aufnahmen im Kasten waren, fing es an zu regnen und die Außendreharbeiten wurden unterbrochen. Wir beratschlagten und kamen zu dem Schluss, den Dreh am nächsten Tag zu vervollständigen. Ich war erledigt. So hatte ich mir das Filmemachen nicht vorgestellt. Ungezwungen lächeln, unbekannte Fragen flüssig und in wohl gewählten Worten beantworten, dabei Haltung bewahren. Aber dem Himmel sei Dank, mein Part war erledigt.

Für den nächsten Tag bestellten wir Opa Heinz aus Kröpelin mit seinem Enkel Dennis zu uns, die beiden sollten ankommende Feriengäste darstellen. Frau Silbernagel, Berliner Urlauberin mit

Familie, übernahm die Rolle nach dem Motto: »Morgens, nach dem Aufstehen bin ich frisch und ausgeruht und freue mich auf den Tag, wenn die Sonne wieder scheint.«

Pünktlich um acht Uhr reisten Heinz und Dennis an, die Familie Silbernagel war aufgestanden und die Sonne schien, nur das Filmteam fehlte. Alle waren gespannt, einmal im Fernsehen aufzutreten, was für eine Aufregung. Etwa um 10 Uhr erschienen der Kameramann und die Moderatorin und alles ging von vorne los. Heinz und Dennis packten ihre Schlafsäcke und die Tasche wieder in das Auto und fuhren einmal um das Gehöft, parkten den Wagen und stiegen auf Anweisung aus. Heinz beantwortete die Frage auf das woher, wie lange und warum und beide gingen in die Scheune, um sich ein Plätzchen im Heu zu suchen. Die nächste Einstellung sollte dann das Erwachen der Familie Silbernagel sein. Frau Silbernagel war momentan nicht erreichbar, weil sie unter der Dusche stand und Malte, ihr Sohn war schon lange angezogen und tollte auf dem Hof herum. Auch da hieß es: »Alles zurück!« Malte musste seinen Schlafanzug wieder anziehen, Frau Silbernagel erschien mit tropfnassen Haaren und sollte liebevoll ihren Sohn im Heubett wecken.

Der Kameramann drehte aus allen möglichen Perspektiven, bis alles eingefangen war. Noch einige schöne Aufnahmen vom Hof und vom Teich für den Abspann und mit der Beteuerung alles so schnell wie möglich zu bearbeiten, den Ausstrahlungstermin auf jeden Fall rechtzeitig bekannt zu geben, fuhr das Team vom Hof. Drei

Monate später wurde die Sendung ausgestrahlt und damit war eine Lawine losgetreten. Eigentlich sollten die zwölf Kojen in erster Linie als Notunterkünfte fungieren, aber seit der Sendung des Filmberichtes war ich gezwungen für die Heuscheune ebenfalls einen Belegungsplan wie für die Wohnungen zu führen, damit ich den Überblick nicht verlor.

Besuch in Mankells Heimat

Durch die Sendung im NDR wurden auch andere Institutionen auf unsere Heuherberge aufmerksam und Monate später, es war schon Herbst, wurde ich gefragt, ob ich einen Vortrag über zusätzliche Einnahmemöglichkeiten für Landwirte in Ystad halten wolle. Es handelte sich um eine Initiative der Ostseeanrainer Schweden, Polen und Deutschland zur Förderung des Tourismus in den Küstenregionen. Ich trug Zahlen zusammen, machte Fotos, schrieb einen Vortrag, in dem von den Voraussetzungen, die gegeben sein sollten, von baulichen Schwierigkeiten, die sich ergeben könnten, aber auch von den Umsatzmöglichkeiten die Rede war. Meine Ergebnisse bezogen sich auf vier Jahre Herbergserfahrung. Ich versuchte, deutlich zu machen, wie sich die Belegungszahlen nach der Ausstrahlung des Filmes steigerten und wie das Wetter die Feriengäste beeinflusste. Durch die Simultanübersetzung konnten alle Teilnehmer den Vorträgen folgen und anschließend Fragen stellen. Zufrieden mit mir packte ich nach den Gesprächen und einem Imbiss meine Sachen und verließ »Kommissar Wallanders« Wirkungsstätte Richtung Fährhafen. Es war schon dunkel, nieselte und ein beklemmendes Gefühl machte sich in mir breit, als ich in das Hafengelände einfuhr.

War es die richtige Spur, die zu meinem Fährschiff führte? Meine Scheinwerfer erfassten ein relativ kleines Schild auf der großen, schwarz glänzenden Asphaltfläche, auf dem Rostock stand, eine Fähre war noch nicht in Sicht und ich fühlte mich ziemlich alleine, denn es war noch kein weiteres Fahrzeug da. Eine breite weiße Linie gebot Einhalt, hier sollten die Passagiere wohl halten, bis jemand das Kommando zum Einschiffen gab. Ich stellte den Motor aus und ließ in Gedanken das Erlebte noch einmal passieren. Hab' ich das jetzt wirklich erlebt? Ich, ganz normale Mutter und Hausfrau, einfache kaufmännische Angestellte, habe hier in Schweden fremden Menschen von unserem Hofkonzept erzählt und großes Interesse geweckt. Allein der gewählte Ort gab der ganzen Situation etwas Filmisches, Unwirkliches. Und doch ist es passiert.

Für den Vortrag hatte ich mich intensiv mit meinen Zahlen auseinandergesetzt, verglichen, Aufwand und Wirkung gegenübergestellt und festgestellt, dass wir auf dem richtigen Weg waren. Reichtümer würden wir nie erwirtschaften können, aber die Freude an der Arbeit hatte für uns einen höheren Stellenwert. Unsere Arbeit erfüllte uns und wir konnten an unseren Aufgaben wachsen, hatten mit der Übernahme des elterlichen Betriebes Neuland betreten und in meinen Augen führten wir ein abenteuerliches und aufregendes Leben. Mich trug der Gedanke, Traditionen zu bewahren, den Kindern ein Erbe zu hinterlassen, was schon seit Generationen weitergegeben wurde und erhalten bleiben sollte.

Mich beeindruckten Familiengeschichten, deren Linien teilweise bis ins Mittelalter zurückreichten. Das verkörperte für mich Bodenständigkeit, Verlässlichkeit und Integrität.

In meiner Versunkenheit bemerkte ich gar nicht, dass sich hinter mir eine Autoschlange gebildet hatte und vor mir schattenhafte Gestalten das zwischenzeitlich eingelaufene, hell erleuchtete Schiff an der Kaimauer befestigten. Wie durch Zauberhand hob sich die Bugspitze, und eine Karawane aus Autos und LKWs setzte sich in Bewegung. Erleichtert erkannte ich an den Kennzeichen der an mir vorbei fahrenden Fahrzeuge, dass ich mich auf der richtigen Spur in die Heimat befand und nicht versehentlich in Tallin oder Riga landen würde. Nachdem das letzte Fahrzeug das Schiff verlassen hatte, wurde ich durch Handzeichen aufgefordert, in den Schlund des Fährschiffes einzufahren. Ich startete, schaltete die Scheinwerfer ein und steuerte langsam auf die Metallbrücke zu, die laut unter mir schepperte. Wer zuerst einfährt, verlässt bei der Ankunft im Heimathafen wieder als letzter das Schiff, dachte ich und überschlug, wann ich in etwa zu Hause ankommen würde. Es sollte mitten in der Nacht sein. Das Schiffspersonal wies mir in dem gigantischen Laderaum einen Stellplatz gleich neben einem 40 Tonner zu, sodass ich mir mit meinem PKW wie ein Winzling vorkam. Ich zog die Handbremse an, stellte den Motor ab, nahm meine Handtasche und stieg nach oben, um mir einen Platz im Restaurant für die nächsten Stunden zu suchen. Auf meinem Weg dorthin sah ich, dass es einen Ruheraum mit bequemen Sesseln gab und noch Plätze frei waren. Ich ließ mir eines der leckeren schwedischen Brote geben, ein Weinschörlchen dazu und setzte mich an ein Fenster, von dem aus man auf die erleuchtete Hafenanlage von Ystad schauen konnte. Regentropfen auf den Fensterscheiben reflektierten die Lichter tausendfach und ließ alles noch glitzernder erscheinen.

In Mukran, dem deutschen Fährhafen auf Rügen, startete ich zur letzten Etappe meines spätherbstlichen Ausfluges. Die Straßen waren jetzt in der Nacht frei und die Fahrzeit würde maximal zwei Stunden betragen, je nach Geschwindigkeit. Einmal haben wir es im Sommer gewagt, auf die Insel zu den *Störtebecker-Festspielen* zu fahren. Danach beschlossen wir, das in Zukunft zu unterlassen. Wegen der außerordentlichen Beliebtheit Rügens und der einspurigen Straßenführung auf der Insel sind Staus an den Wochenenden vorprogrammiert. Nur wer starke Nerven und keine kleinen Kinder im Auto hatte, konnte am Samstag die Anreise wagen.

Das Konzert

Auf der Heimfahrt dachte ich über die turbulente vergangene Saison nach. Endlich ein wenig Ruhe, allerdings nur kurz, denn es ging auf Weihnachten zu, die Zeit, die eigentlich geruhsam sein sollte, aber selten ist. Trotzdem, wir genossen die dunkle Jahreszeit immer sehr. Plätzchen backen, bei Kerzenlicht Kaffee trinken, leise Musik im Hintergrund, bei der täglichen Arbeit Weihnachtslieder Mitsummen. Außerdem hatte sich Besuch angekündigt, auf den ich mich besonders freute. Ortwin, unser langjähriger Freund, Oxana und Sascha, alles exzellente Musiker, die in den umliegenden Ortschaften Kirchenkonzerte geben wollten. Sieht man Ortwin zum ersten Mal, würde man denken, der sieht aus wie ein Professor und das ist er auch. Eine üppige, gelockte graue Mähne schmückt sein Haupt, seine Haltung leicht gebeugt, und mit einer lauten, sehr auf gute Aussprache bedachten Stimme ausgestattet. Er spielt Klavier und Orgel, Oxana, seine ukrainische Lebensgefährtin, ist eine wunderbare Geigenvirtuosin und Sascha, ebenfalls aus der Ukraine, beherrscht die Bratsche wie kein Zweiter. Als mir Sascha vorgestellt wurde, schmolz ich beim Klang seines Namens dahin, Sascha Lagoscha, das ist russische Melancholie und Melodie. Oxana und Sascha waren Mitglieder der Kiewer Kammerakademie und es erfüllte mich mit Stolz, so hochkarätige Musiker in unserem Haus beherbergen zu dürfen.

Lautes Hupen auf dem Hof ließ uns von der Arbeit aufschrecken und wir beobachteten einen schwarzen Mercedes, der langsam auf den Hof fuhr. Am Kennzeichen erkannten wir, dass es unsere Freunde aus Oberhausen waren. Zuerst öffnete sich die Beifahrertür und Oxana schwang elegant ihre langen, schlanken Beine heraus. Lebhaft gestikulierend kam sie auf mich zugelaufen und schlang ihre Arme um meinen Hals.

»Iiiriiis, Wiiillliii, wie schön Euch zu sehen, geht es gutt?«, fragte sie in ihrem unverwechselbar slawisch gefärbten Deutsch. Umarmte Wiiilllliii und küsste ihn herzhaft auf russische Art, küsste mich ebenfalls auf diese Art, hakte sich bei mir ein und presste meinen Arm, als wollte sie mich nie mehr loslassen. Wir beeilten uns, ins Haus zu kommen, denn draußen war es nasskalt und ungemütlich wie meistens Ende November/Anfang Dezember. In unserer Essdiele loderte das Feuer im Kachelofen und empfing uns mit wohliger Wärme. Willi, Ortwin und Sascha folgten uns und bei einer Tasse Kaffee berichteten wir in Kurzform, was im vergangenen Jahr alles passiert war. Wir verabredeten uns für den nächsten Tag zu einem italienischen Abendessen, das ich ausrichten wollte und dann brachte ich sie in ihre Ferienwohnung.

»Wenn Du mir noch den Schinken auf die Platte legst und den Käse auf dem Teller arrangierst, dann sind wir gleich fertig. Ich schneide das Brot und hole noch zwei Flaschen Wasser, dann kann es losgehen,« sagte ich zu Annett und drückte ihr das Geschirr in die Hand.

Annett, meine langjährige Freundin war mir bei den Vorbereitungen behilflich und im Nu standen viele italienische Köstlichkeiten und der süffige Rotwein, den sie aus ihrem Weinkeller mitgebracht hatte, auf dem Tisch. Bald waren die Zungen schwerer, das Lachen lauter, die Flaschen leer. Oxana übersetzte, wenn wir Saschas Englisch nicht mehr verstanden, aber manchmal reichte auch Gestik und Mimik für die Verständigung. Irgendwann wurde der Wodka herausgeholt und wir stießen auf die Ukraine an, ein anderes Mal auf uns selbst, auf die Gesundheit, auf das Leben und überhaupt. Keiner konnte später sagen, wann der Gedanke geboren worden war, ein Konzert der Kiewer Kammerakademie in unserer Scheune stattfinden zu lassen. Plötzlich stand er im Raum.

Wie verabredet, klopfte ich am nächsten Tag an die Wohnungstür unserer Gäste, ich wollte Sascha, den ersten Konzertmeister und Hauptverantwortlichen für das geplante musikalische Event, den »Konzertsaal«, unsere Scheune im Winter, zeigen. Es dauerte eine Weile, bis sich ein wuscheliger Kopf mit verschlafenen Augen an der Tür zeigte. Natürlich hatte er den Termin vergessen und verschlafen.

»Sascha, it´s time, I want to show you the Concerthall, where you shall play.« (Sascha, es ist Zeit, ich will dir den Platz zeigen, wo das Konzert stattfindet und du spielen sollst.)

Es kam nur ein dunkles Stöhnen aus den Tiefen seiner Brust, dabei fasste er sich an den Kopf und rieb sich die Augen.

»In one hour I`m ready«, brachte er nur mühsam hervor, murmelte noch etwas auf Russisch und verschwand wieder.

Ich feixte mir eins, denn ich war gespannt, was er zu der Location sagen würde. Er erschien nicht ganz pünktlich, immer noch mit ungekämmten Haaren, aber die Augen waren wacher und aufmerksamer.

Ich machte ihn darauf aufmerksam, dass er noch Schlappen trug und er sich doch besser Schuhe anziehen sollte, draußen sei es nass und schmutzig.

»Njet, nejt«, lehnte er ab und wir liefen über den Hof, was bei ihm allerdings wie Bocksprünge aussah, denn mit seinen Hausschuhen wollte er natürlich vermeiden in Pfützen zu treten. In der Scheune angekommen, schaute er sich erst mit Interesse um. Dann zeichnete sich Ungläubigkeit und Skepsis in sein Gesicht und meine Hoffnung auf ein Konzert sank peu à peu. In meinem auch nicht perfekten Englisch beschrieb ich ihm meine Vorstellung, erzählte, dass alles schön gemacht und aufgeräumt sein würde, im Winter sähe es immer so aus, es wäre ja auch eigentlich eine Scheune und Stall, aber ich würde das hinkriegen, das könne er mir glauben. Oben auf der Brücke, die die beiden Heukojenseiten miteinander verband, sollte das Orchester spielen, rechts und links in den Gängen die Stühle platziert werden und wer wollte, konnte die Musik liegend in den Heubetten genießen.

Sein Blick ging nach oben zum Blechdach und ich wusste, dass er versuchte, die Akustik einzuschätzen. Einen weiteren Blick warf er über die Brüstung nach unten in die Stallgasse, was wohl einschätzen half, ob das Orchester Kontakt zum Flügel halten konnte, der für das Konzert erforderlich war. Alles Fragen, die sich einem als Laien überhaupt nicht stellen, für einen Musiker aber von größter Wichtigkeit sind. Mit verschlossener und nachdenklicher Miene kehrte er mit mir ins Haus zurück. Ich ahnte es, sein Urteil würde vernichtend sein und unseren Einfall als absolut absurd abtun.

Er hatte nicht mit meiner Hartnäckigkeit gerechnet. Im Lauf der Woche überzeugte ich Ortwin und Oxana davon, dass wir bis zum Frühjahr aus dem Stall einen Konzertsaal gestaltet hätten. Ich gab ihnen mein Wort und ab da fing die Uhr an zu ticken.

»Annett, du hast den Plan mit ausgeheckt, nun müssen wir liefern«, lachte ich ins Telefon und berichtete ihr, wie Saschas Reaktion auf die Begehung mit der Scheune ausgefallen war. Wir verabredeten uns zu einer ersten Lagebesprechung.

Wir wollten festlegen, wer was organisiert, den Eintrittspreis kalkulieren, beratschlagen, ob es etwas zu essen geben sollte und wie wir mit dem Kartenverkauf verfahren würden. Den größten Brocken allerdings stellte die Renovierung der Scheune dar und das fiel in mein Aufgabengebiet. Mit Farbe, die an Wände gestrichen und Kunststoffklinkern, die an Sockel geklebt werden mussten, begann sich die Scheune zu verwandeln.

Zum wiederholten Mal standen Annett und ich in der Scheunengasse, köpften wieder einmal eine Flasche Sekt und stießen auf die Vollendung an.

»Hier, rechts und links, bringen wir an den Ständern Birkengrün an, damit verdecken wir kleine Mängel und peppen alles mit Blütensträuchern und Blumen aus dem Garten auf«, erklärte ich meiner Freundin und schenkte Sekt nach.

»Komm, wir gehen mal nach oben und schauen, wie wir die Sitzgelegenheiten anordnen.«

Wir setzten uns auf eine Kojenbank und überlegten, wie der Platz am optimalsten genutzt und wie viel Personen untergebracht werden konnten.

Ortwin war der Meinung, dass das Orchester seinen Platz unten in der Gasse einnehmen sollte, wegen des Flügels, aber ich war der Meinung, es sollte hier oben auf der Brücke platziert werden, dann hätte das Publikum einen direkten Blick auf die Musiker, aber na ja, wir würden sehen, vielleicht konnte ich ihn überzeugen.

»Um die Stühle kümmere ich mich«, erklärte sich Annett bereit. Ich denke, mehr als 150 Personen kriegen wir nicht unter, aber das sind auch genug um die Kosten zu decken. Wenn es mehr Personen wären, würde das Wildschwein nicht reichen.

Und eine Suppe müssen wir kochen, am besten ein Borschtsch, das passt zu unserem Thema *Ukrainischer Frühling*. Die orangene Revolution – farblich käme es fast hin.

»Hast Du auch ein bisschen Angst, vor unserem Besuch in Kiew? In den Nachrichten sind die Berichte über die Straßenschlachten schrecklich,« setzte ich unser Gespräch fort.

»Wer weiß, wann dieses Land zur Ruhe kommt, es ist doch durch und durch korrupt. Ich fürchte, unter der Timoschenko-Führung wird es auch nicht besser, Geld und Macht sind starke

Anreize, wahrscheinlich auch für sie. Die kleinen Leute zahlen weiterhin die Zeche wie fast überall auf der Welt. Bisher haben sich dort alle Machthaber die Taschen gefüllt, mit Genehmigung des Kremls. Alle Macht dem Volk, herzlichen Glückwunsch«, meinte ich ironisch.

»Komm, lass uns reingehen, mir wird kalt, da können wir weiter philosophieren und da du unsere Reise erwähnst, sollten wir besprechen, was wir mitnehmen müssen.«

Wir nahmen unsere Gläser und den Rest Sekt und machten uns auf den Weg ins Haus.

»Also ich finde, das ist schon ein bisschen verrückt, mal eben so in die Ukraine zu fliegen, aber nett von Ortwin und Oxana uns einzuladen.«

»Du kennst doch den Spruch: Brave Engel kommen in den Himmel und die anderen überall hin«, meinte Annett und setzte hinzu, dass sie beschlossen hätte, ihr Golfgepäck mitzunehmen, um die Gelegenheit zu nutzen, einmal in der Ukraine zu golfen, damit konnte niemand im Club aufwarten. Es wurde nichts daraus, Ortwin weigerte sich, uns bei der Beschaffung eines Abschlagtermins auf dem Golfplatz behilflich zu sein.

»Da spielen nur Gangster und zwielichtige Geschäftsleute«, meinte er. Unsere persönlichen Anstrengungen scheiterten an den mangelnden Sprachkenntnissen. Stattdessen übten wir uns in Kultur und Oxana erklärte uns resolut: »Morgen wir gehen in Opera, in Schwanenseeballett und ihr könnt kennenlernen Musiker, wo kommen in Scheune auf Hoff und dann es gibt Eessen und Triinnken in Restaurant.«

Wir erlebten einen Kunstgenuss auf höchstem Niveau.

Wie angekündigt begegneten wir nach der Ballettaufführung Sascha, dem Konzertmeister und wie erwartet erkundigte er sich sorgenvoll nach dem Zustand der Scheune. Ich versicherte ihm, dass er eine Edelscheune vorfinden würde, nicht unbedingt eine Carnegyhall, aber für Boldenshagen oberste Schublade.

Die Aufregung unter den Künstlern war greifbar, denn die Ukraine verlassen zu dürfen, ein Reisevisum zu erhalten war nicht selbstverständlich und meistens auch nur gegen Zahlung von Schmiergeldern möglich. Wir schmausten und tranken ausgiebig auf typisch russische Art mit den Musikern, die bei uns im Sommer gastieren sollten.

»Würde wohl jeder von Euch eine Flasche Chilliwodka mitbringen, wir könnten ihn in der Pause an unsere Zuhörer auf dem Hof ausschenken, das wäre doch eine schöne Geste?«

Es war möglich, man beteuerte es uns ausdrücklich. Fröhlich, satt, angeheitert verabschiedeten wir uns herzlich und wünschten ihnen, dass es mit der Ukraine bald aufwärtsgehen möge. Alle winkten resigniert ab und Gregor meinte: »Ukraine schönes Land, aber nix zu lebben. Jeder wer kann, steckt Geld in Tasche, wer nicht kann, ist arm. Deutschland schön, alles funktioniert, alles sauber.« Wie recht er hatte.

Alte Frauen kauerten geduldig in den U-Bahnunterführungen um Blumen, selbst gehäkelte und gestrickte Deckchen oder Nippes zu verkaufen, zur Aufbesserung des Familieneinkommens oder der mageren Renten.

Erleichtert kehrten wir der Ukraine den Rücken, wieder einmal dankbar dafür, in einem Land leben zu dürfen, in dem die vielfach belächelten deutschen Tugenden wie Ordnung, Gerechtigkeit, Fleiß, Pünktlichkeit, Höflichkeit und Toleranz noch etwas galten. Kein gelobtes Land, aber ein Land, in dem es sich leben lässt.

Die Tage nach der Heimkehr und vor dem musikalischen Ereignis füllten sich mit letzten Besorgungen, Absprachen und Erledigungen, damit auch wirklich ein reibungsloser Ablauf des Konzertes gewährleistet war. Es blieb uns nicht mehr viel Zeit, einen knappen Monat, und Pannen wollten wir unbedingt vermeiden.

Es war soweit, ein Reisebus rollte auf den Hof und die erschöpften Musiker wollten nur noch ins Bett, um nach anstrengenden Reisetagen endlich wieder einmal richtig ausschlafen zu können. Wir verabredeten uns zu einem gemeinsamen Abendessen, bei dem offene Fragen geklärt und Informationen gegeben werden sollten. Der Einzige, der nicht auf sein Zimmer ging, war Sascha. Er kam auf mich zu und fragte, ob er sich die Scheune ansehen dürfe. Selbstverständlich ging ich mit ihm und zeigte voller Stolz, was sich in den vergangenen Monaten getan hatte.

»Khorosho, Otlichno, gut, sehr gut«, schmunzelte er zufrieden und schritt mit auf dem Rücken verschränkten Armen, den Blick nach rechts und links schweifen lassend durch die Stallgasse. Prüfung bestanden.

Um 18 Uhr brach die Hölle in der Herbergsküche los. Ich musste meine größten Töpfe herausrücken, ein Kartoffelsack wurde geöffnet und ein Drittel des Inhaltes in den Topf gegeben, Möhren, Paprika, Zwiebel, Tomaten und Gurken wurden geputzt und in Schüsseln angerichtet. Eine andere Gruppe heizte den Grill an und steckte Fleisch auf schwertlange Spieße, und wieder andere schoben Tische zusammen, deckten den Tisch und über allem lag eine ausgelassene, kameradschaftliche Stimmung.

In Windeseile war das Essen fertig, nicht zuletzt weil alle Hunger hatten und man setzte sich zum gemeinsamen Abendbrot. Alle langten herzhaft zu und zwischendurch stießen wir mit ukrainischem Wodka an, ließen alle möglichen Leute hochleben, tranken wie immer auf die Gesundheit, auf ein langes Leben und selbstverständlich auf Reichtum für alle.

Wir erlebten eine Woche im Ausnahmezustand und nur, wenn die Musiker außerhalb ein Konzert gaben, war Ruhe auf dem Hof. Der Frühstücksraum wurde für die Proben genutzt und die Veranda als Freizeittreff. Vormittags drangen Orchesterklänge aus den Fenstern, immer wieder unterbrochen von der tiefen, befehlsgewohnten Stimme des Dirigenten und am Abend wurde herzlich auf Russisch palavert und gelacht.

Nur noch drei Tage bis zur Veranstaltung. »Hoffentlich vergesse ich meine Rede nicht. Wurden genug Getränke eingekauft? Reicht die gekochte Borschtsch-Suppe? Vergiss nicht, Annett daran zu erinnern, die Blumen für die erste Geige am Samstag abzuholen. Oh Herr, was zieh ich bloß an?«, waren meine Gedanken.

Ich steckte in einem grauen Hosenanzug, Annett trug eine weiße Hose und eine passende Bluse und unser beider Füße schmückten High Heels als wir unsere geladenen Gäste empfingen.

»Der Countdown läuft, Annett, ich falle gleich vor Aufregung in Ohnmacht«, raunte ich ihr zwischen zwei Begrüßungen zu.

»Mach keinen Quatsch, du fängst nachher als Erste mit der Rede an«, flüsterte sie.

»Recht hast du, der Zeitpunkt für eine Ohnmacht ist im Moment ungünstig«, murmelte ich zurück und begrüßte weltfraulich das nächste ankommende Paar.

Ich schaute mich suchend nach meinem Mann um. Ob er wohl auch schon umgezogen ist? Kümmere dich einfach nur um dich, das Schicksal nimmt jetzt sowieso seinen Lauf.

»Wo ist Willi«, hörte ich es aus der Scheune dröhnen. Ortwin kam mir mit zerzausten Haaren und wehendem Schwalbenschwanz entgegen.

»Ich brauch' mehr Licht, wo ist dein Mann?«

Um Gottes Willen, nur nicht den Meister verärgern.

»Ich such' ihn, weit kann er nicht sein«, versprach ich und versuchte möglichst elegant über den Hof zu eilen um meinen Mann ausfindig zu machen.

»Willi, du musst sofort zu Ortwin, der braucht mehr Licht, ich fürchte, du musst noch einmal in deinen Arbeitsdress.«

»Mist, jetzt bin ich gerade frisch gemacht und nun so was, das hätte er mir eigentlich schon früher sagen können, aber das ist typisch Musiker, überhaupt keinen Sinn fürs Praktische«, knurrte er verärgert und zog sein rechtes Bein wieder aus seiner Anzughose.

Ich eilte zurück auf meinen Empfangsplatz, nicht ohne vorher Ortwin besänftigt und zur Beruhigung einen Wodka zu mir genommen zu haben.

»Ich hab alles im Griff, mach dir keine Sorgen«, lächelte Annett und schwebte schon auf die nächsten Ankömmlinge zu.

Mein Herz klopfte laut und heftig und ich war überzeugt, kein Wort herauszubringen und doch war es unumgänglich. Die Gäste hatten ihre Plätze eingenommen und schauen erwartungsvoll auf Annett und mich herab. Wir standen unten neben dem Klavier, jeder ein Kärtchen als Gedächtnisstütze in der Hand und ich räusperte mich, um den Kloß im Hals loszuwerden. Die ersten Worte kamen zaghaft über die Lippen, aber es wurde besser, sicherer und schon hatte ich es überstanden und Annett ergänzte, was noch zu sagen war. Nachdem der Applaus verebbt war, stellte Ortwin den international bekannten Komponisten Herbert Nobis aus Mönchengladbach vor, dessen Musikstück jetzt bei uns uraufgeführt werden sollte. Hüsteln, Tuscheln und Gescharre verstummte und die Musik setzte ein, erfüllte unsere alte Scheune mit Klavier- und Geigenklängen wie sie sie noch nie gehört hatte und die Menschen lauschten, wurden getragen von der Einzigartigkeit der Kompositionen. Vogelgezwitscher und Froschgequake mischen sich ungefragt ein, unser Hund tollte draußen mit Kindern herum und sein Gebell war aus der Ferne hörbar.

Was für eine Atmosphäre, Musikkenner und solche, die es werden wollten, waren beeindruckt und ergriffen von der Intensität des Gehörten.

Nach dem Konzert kam Gregori, der, wie er mir bereits vor Tagen erzählte, ein großer Verehrer Rainer Maria Rilkes ist, auf mich zu. Er breitete seine Arme aus und drückte mich an seine schmale Brust.

»Iris, I played at a lot of special places in the world, but nothing was so beautiful like this. One moment I tought, i had a look through a little window into the paradise.« (Iris, ich hab an vielen besonderen Plätzen auf dieser Welt gespielt, aber nichts war so wunderbar wie dieses Konzert. Einen Moment lang meinte ich, einen Blick durch ein kleines Fenster ins Paradies geworfen zu haben.)

Ja, damit hatte er es auf den Punkt gebracht und der eine oder andere Zuhörer bekam bestimmt eine andere Sicht auf klassische Musik. Wir feierten den Erfolg mit unseren Gästen und eine Chilliwodkaflasche nach der anderen fand ihre Genießer.

Am übernächsten Tag verabschiedeten wir die freundlichen Ukrainer, nicht ohne das Versprechen abgegeben zu haben, so eine Woche nächstes Jahr zu wiederholen, wohl wissend, dass es wieder ein abenteuerliches Unterfangen sein würde, Visa für Deutschland zu erhalten. Willkür und Korruption würden in einem Jahr nicht abgeschafft sein und die Verbindungen von Oxana II., die für die Ausreiseanträge zuständig war, stieß an ihre Grenzen. Ortwin versprach beim Abschied sein Bestes zu geben.

Viechereien

Die Musiker waren weg, die Scheune wurde wieder für Übernachtungen genutzt und die nächste Saison lief unaufhaltsam an. Ich backte Kuchen für das Café und kreierte Eisbecher und ärgerte mich manchmal über die Unberechenbarkeit dieses Geschäftes. Schien die Sonne, waren die Urlauber am Strand, bewölkte es sich oder wurde es kalt, dann reichte der Kuchen nicht. Backte ich mehr, blieben die Gäste aus, oder eine Fahrradgruppe stand plötzlich und unangekündigt auf dem Hof.

In diesem Sommer half mir Sabrina im Geschäft. Sie unterstützte mich im Café, beaufsichtigte das Ponyreiten und vertrat mich, wenn ich in die Stadt musste. Eine große Erleichterung für mich, denn ich konnte ihr vertrauen.

Wir hatten herrlichstes Wetter und das Café war gut besucht. Die Gäste genossen Kaffee und Kuchen und ihre Kinder tobten in der offenen Strohscheune, als mein Blick in Richtung des Geflügelgeheges ging. Unsere Gänse liefen draußen herum.

»Sabrina, mach bitte mal weiter, ich treib das Federvieh schnell wieder hinein. Sollten sie nicht wollen, pass auf, dass sie hier vorn nicht auf die Straße laufen, stelle dich ihnen dann in den Weg und scheuche sie zurück.«

Sabrina nickte nur stumm. Als ich die Türe öffnete, stand er in seiner imposanten Größe und seiner unglaublichen Hässlichkeit vor mir, *Trulli* unser Truthahn. Sein Hals war vor Zorn puterrot und sein Gegoller ließ auf Angriff schließen. Ich schloss die Tür wieder, lehnte mich mit dem Rücken dagegen und überlegte meine nächsten Schritte, wobei mir auffiel, dass ich die Aufmerksamkeit meiner Gäste geweckt hatte. Ich bekam Zurufe, ob sie helfen sollten, aber nur gegen einen kostenlosen Gänsebraten, sie ahnten ja nicht, dass hinter der Tür ein Monster lauerte. Ich nahm allen Mut zusammen, zog meine rechte Birkenstocksandale aus, um sie notfalls als Waffe zu gebrauchen, schob den Riegel zur Seite und öffnete vorsichtig die Tür einen Spalt. Ich hatte es geahnt. Noch immer stand er auf dem Absatz, bereit, seine Hühner und Entenschar gegen jeden Angriff von Außen zu verteidigen. ›Du machst dich hier zum Affen‹, ging es mir durch den Kopf, das kann doch nicht sein, dass du vor diesem Burschen Angst hast. Wild entschlossen riss ich die Tür auf, erhob meinen Schlappen, um Trulli bei Bedarf eins zu verpassen, und schrie ihn an, er solle sofort wieder in den Stall gehen, sonst setze es was. Völlig unbeeindruckt von mir und meinen Androhungen reckte er seinen langen Hals, ließ wieder sein agressives Gegoller hören, machte einen Satz auf mich zu, ich wich zurück, hob den Schlappen und da geschah es. Sein Kopf stieß nach vorn, riss den Schnabel auf, schnappte sich meinen Schuh und ergriff unter dem Gejohle der zuschauenden Gäste die Flucht. Sprachlos stand ich da. Bis ich mich besonnen hatte, war Trulli schon mit großen Schritten an der Gästeterrasse vorbei, an der Sabrina einen zaghaften und wenig erfolgreichen Versuch machte, den alten Puter zu stoppen.

»Hoffentlich nicht auf die Straße, das könnte zu einer Katastrophe führen, denn so ein ausgewachsener Truthahn hat schon richtig Gewicht«, flehte ich. Auf einem Schuh und barfuß stürzte ich hinterher und stellte ihn am Schweinegehege, nicht ohne einen Stock in der Hand zu halten und ihm anzudrohen im Topf zu landen, wenn er nicht augenblicklich den Schuh hergäbe. Mit »Waffengewalt« drängte ich ihn in die Ecke und so gelang es mir, ihm die Sandale abzunehmen. Nun galt es aber auch noch diesen streitbaren Burschen wieder in seine Behausung zu bringen. Trotz teilweise törichter Ratschläge der Kaffeegäste gelang es Sabrina und mir, Trulli wieder in den Hühnerstall zu stecken.

Nachdem sich die Heiterkeitswogen geglättet hatten, erzählte man mir, dass die Weihnachtsbraten, während meines Kampfes mit Trulli, seelenruhig im klassischen Gänsemarsch, in ihr Gehege zurückgekehrt seien.

Wir verziehen unserem Truthahn und er genoss das Privileg ein erfülltes Leben auf unserem Hof zu führen und eines natürlichen Todes zu sterben.

Zu Bauer Willis Aufgaben gehörte es neben vielen anderen, in der Saison mindestens einmal wöchentlich eine Traktorfahrt mit den Hofgästen zu unternehmen. Es war es wieder soweit, die Sonne schien, ein laues Lüftchen ging und er kuppelte gut gelaunt den Anhänger, der zur Bequemlichkeit der Fahrgäste dick mit Stroh gepolstert war, an das Zugfahrzeug. Unsere Urlauber waren unterrichtet, dass es in einer halben Stunde losgehen sollte und ich wollte in die Scheune gehen, um dort Ordnung zu schaffen. Mein Blick ging rechts in Richtung Schweinehäuschen, wo unser holländischer Gast mit seinem wohl sechsjährigen Sohn Jan stand, sich über die Brüstung beugte, um die Schweine Pickeldie und Frederic zu kraulen. Ich nahm nicht an, dass der Herr sich dabei fragte, warum nicht alle Schweine so glücklich aufwachsen durften.

Einige Holländer waren bei uns für rüde Haltungsmethoden und mangelndes Umweltbewusstsein bekannt. Man pachtete alte Ställe, steckte Schweine hinein, mästete sie mehrere Wochen, verkaufte sie und machte sich vom Acker, vielfach ohne die Pacht zu zahlen und die Güllebehälter zu leeren.

Nun, unser Gast hatte nichts damit zu tun, sondern wollte einfach nur mit seinem Söhnchen den Schweinen nahe sein. Willi hatte sich zwischenzeitlich zu mir gesellt und wir beobachteten das friedliche Bild, als Jan sich plötzlich umdrehte, wild gestikulierend auf uns zugelaufen kam und schrie,

»Min Heer, min Heer, komm snell, de Schwien hebt den Papa sien Brell obfrete.«

Willi und ich guckten uns an, zwar hatten wir verstanden, was Jan meinte, fragten uns allerdings, wie die Schweine an die Brille gekommen waren. Nur einige Meter lagen zwischen uns und der Schweinebucht, an dem Jans Vater völlig verdattert stand und wortlos auf eines der Schweine zeigte. Willi beugte sich zu den Schweinen hinunter, kraulte ihnen ebenfalls die Ohren und sah dabei das Unmögliche. Vorsichtig griff er Frederic ins Maul und zog, ohne auf Gegenwehr zu stoßen, dem Schwein die verschmutzte, aber offensichtlich unversehrte Brille aus der Schnauze und reichte sie unserem Feriengast.

»Bitteschön Herr Klaasen, das ist eben noch mal gut gegangen, für gewöhnlich schlucken unsere Schweine so was auch runter. Ich fürchte aber, sie müssen sie noch einmal putzen.«

»Ick hab mich gebückt, um auch de Schwien zu streikeln, un da ist de Brell ut de Brusttasche gefalle«, versuchte Herr Klaasen, das Missgeschick auf holländisch eingefärbtem Deutsch zu erklären.

Er untersuchte das unentbehrliche Stück noch einmal gründlich, klappte die Bügel auf und zu, hielt sie noch einmal ins Licht, um zu sehen, ob die Gläser auch wirklich noch in Ordnung waren und steckte sie wieder in die Brusttasche.

»Kom Jan, zijn we nu rijden met de trekker«, nahm seinen Sohn bei der Hand und ging auf den Traktor zu, um auf den Hänger zu steigen, auf dem bereits die anderen Gäste warteten. Noch eine letzte Ermahnung meines Mannes, während der Fahrt auf keinen Fall aufzustehen und sich über die Bordwand zu lehnen, ging die Fahrt unter fröhlichem Lachen ab ins Blaue.

Ich wandte mich um und ging, über die eben erlebte Schweinerei schmunzelnd, in die Scheune, um endlich meiner Arbeit nachzugehen. An welchem Arbeitsplatz erlebt man solche Geschichten, ging es mir durch den Kopf? Gab es eine erhellendere Aufgabe, als sich mit Menschen zu umgeben, denen man die schönste Zeit des

Jahres verschönert? Ich hatte mir den perfekten Arbeitsplatz geschaffen, musste aber zugeben, dass uns im Sommer hin und wieder ein Rückzugsort fehlte. Willi und ich hatten oft darüber nachgedacht und nach einer Lösung gesucht, aber bisher keine gefunden. Jeden Tag präsent sein zu müssen, von morgens bis abends, von Montag bis Sonntag, von Mai bis Oktober, das zehrt an den Nerven und mir war bewusst, dass, wenn wir leistungsfähig bleiben wollten, Auszeiten dringend notwendig waren.

Das Boot

»Kommst du mit an den Strand, wir könnten ein kleines Picknick machen, packen uns eine Flasche Wein ein und holen in Rerik vom Bistro ein leckeres Fischbrötchen. Heute gibts bestimmt einen herrlichen Sonnenuntergang.«

»Oh ja, das haben wir lange nicht mehr gemacht, vielleicht machen wir vorher noch einen Spaziergang oben an der Steilküste entlang«, entgegnete mein Mann.

»Ich pack auch eine Decke fürs Picknick ein und du nimm noch eine Jacke mit, es kann später wieder frischer werden. Ich füttere nur schnell die Tiere, dann bin ich fertig.«

Flink suchte ich alles zusammen und verstaute es im Kofferraum unseres Autos. Sicherheitshalber schaute ich noch einmal auf meinen Plan, kein Gast würde mehr anreisen und womöglich vor verschlossener Tür stehen. Annika wusste ebenfalls Bescheid, dass wir nach Rerik fahren würden. Sie könne schlafen gehen, wenn die letzten Ferienkinder auch rein mussten.

Mit weit geöffneten Fenstern, um die angestaute Wärme aus dem Auto pusten zu lassen, machten wir uns auf den Weg zum Strand. In der Hauptsaison ist die Parkplatzsuche am Tage immer eine Herausforderung, aber abends war es kein Problem, unmittelbar am Wasser einen zu finden. Voller Vorfreude auf das erfrischende Wasser gingen wir durch das Küstenwäldchen und schon gab es uns den Blick über die Ostsee frei. Dieser Anblick von der Steilküste, nahm mich stets gefangen. Bei so klarem Wetter wie heute konnte man die Windräder auf der dänischen Insel Falster und die holsteinische Fehmarnsundbrücke sehen. Wir gingen die Stufen zum Strand hinunter, legten unsere Sachen ab und suchten einen steinfreien Zugang ins Meer. Nach einigem Hin- und Hergelaufe begann der Einstieg, den ein Beobachter als wenig graziös bezeichnen würde, wenn nicht gar als tollpatschig und unbeholfen. Ein Ausrutscher auf einem übersehenen, glitschigen Stein beendete das Zaudern und Bespritzen einzelner Körperteile mit dem doch ziemlich kalten Wasser. Ein kleiner Aufschrei, heftiges Gestikulieren und Gepruste und schon schlugen die Wellen über mir zusammen. »Die Frisur ist ruiniert«, stellte ich lakonisch fest, als ich wieder an der Oberfläche auftauchte. Ich für meinen Teil bin keine gute Schwimmerin in der offenen See, musste stets Sand unter den Füssen spüren, denn immer wieder kam mir der Lockruf des Meeres in den Sinn, den meine Mutter uns Kindern stets zur Mahnung mit auf den Weg gab, wenn wir schwimmen gehen wollten: »Komm mit, komm mit ins kühle Grab ...« und dabei lockte sie mit dem Zeigefinger, als ob er uns ins Verderben führen wollte. Nach der Abkühlung rubbelten wir uns trocken, zogen unsere Kleidung wieder an und suchten eine Bank, auf der wir den Sonnenuntergang erleben wollten. Während ich das Plätzchen für uns gemütlich machte, fuhr Willi in den Ort und besorgte uns eine *Pizza*. Als er wieder auftauchte, hatte ich die Gläser schon gefüllt, wir öffneten die Pappschachtel mit dem köstlichen Inhalt, stießen an und erfreuten uns an dem vollkommenen Moment. Kleine Wellen schwappten in regelmäßigen Abständen ans Ufer, der Wind kräuselte die silbrig schimmernde Wasseroberfläche. Schon färbte die langsam sinkende Sonne den Horizont rot.

Kitschigere Sonnenuntergänge findet man nirgendwo an der Ostsee, fehlten nur noch Boote mit geblähten Segeln, dann wäre die Postkarte vollständig. Jeder in seine Gedanken versunken, aßen wir unseren Imbiss, nippten an dem Wein und genossen die Ruhe.

»Machen wir viel zu wenig, Frau Rossi.«

»Ist ja nicht immer so ein Wetter, außerdem fehlt die Zeit, das weißt du doch.«

»Aber du weißt auch, dass wir nicht immer Vollgas geben können und eines Tages rächt es sich an der Gesundheit. Es reicht, dass ich nicht immer auf dem Posten bin.«

»Du hast ja recht, ich wäre gerne öfter mal auf einer einsamen Insel, ohne Telefon und Gäste. Da, guck mal, auf so einem Segelboot hätte man seine Ruhe.« Ich wandte mich ihm zu und hielt mein Glas hin. »Komm, schenk mir noch ein Schlückchen ein und lass uns auf unseren Erfolg, auf unsere Gesundheit und auf unser Glück, hier wohnen zu dürfen trinken.«

»Hast du eigentlich mal über ein kleines Boot nachgedacht? Das ist doch ein Ort, auf dem man sich zurückziehen kann. Wozu hab ich den Bootsführerschein denn gemacht?«

»Um nicht vor Langeweile zu sterben, als es dir durch die Dialyse so schlecht ging. Kannst du dich nicht mehr an deine ständige Niedergeschlagenheit erinnern? Du fühltest dich völlig überflüssig. Ich fand das toll, dass du ihn gemacht hast.«

»Dann lass uns mal umsehen, vielleicht findet sich ja ein passendes Boot und liegen kann es hier in Rerik. Schnell zu erreichen und das Haff ist ein sicheres Gewässer für uns Anfänger«, erklärte mein Gatte aufgeräumt und streckte wohlig seine Beine aus.

Mittlerweile hatte sich der Himmel glutrot gefärbt, von der Sonne war nur noch eine kleine Rundung sichtbar, sie würde in wenigen Minuten ganz versinken.

»Wird morgen wieder so ein herrlicher Tag, was sagt der Mecklenburger?«

»Abendrot mockt Wedder good und Morgenrot bringt Wader in Sod.«

»Sehr gut und nun lass uns wieder nach Haus, ich bin müde. Hoffentlich kommen wir unbemerkt am Lagerfeuer vorbei, darauf hab ich jetzt keine Lust mehr«, flüsterte ich Willi zu, als wir auf dem Hof ankamen. Wir huschten unbemerkt ins Haus.

Es dauerte einige Monate, bis wir durch Zufall, aber so ist es ja meistens im Leben, dass Zufälle unsere Wege bestimmen, ein Boot fanden. Einer unserer wenigen Ausflüge durch Mecklenburg-Vorpommern führte uns nach Plau am See. Dort machten wir einen Spaziergang am Seeufer und entdeckten einen Campingplatz, an dessen Zaun eine Informationstafel stand. Neben den allgemeinen Platzvorschriften hing dort eine Anzeige, die auf ein Segelboot in erschwinglicher Preislage hinwies.

»Herr Rossi, ich glaube, wir sind unserem Paradies ein gewaltiges Stück näher gekommen, lies mal hier«, sagte ich und zeigte auf den Aushang.

> **Nixe**, Kimmkieler, zu verkaufen, einschließlich Segel und Trailer. Besichtigung auf Parzelle 128 oder Kontakt unter der Telefon-Nummer, Ansprechpartner Karl-Heinz Richter

»Dann gehen wir da einfach mal hin«, meinte er und nahm meinen Arm, um mich zum Eingang zu dirigieren. Es dauerte einige Fragen lang, bis wir endlich vor dem Herrn Richter und der Nixe standen. Herr Richter klärte uns auf, dass ein Kimmkieler ein Boot mit zwei kurzen Schwertern sei, die vornehmlich für die Nordsee gebaut wurden, damit sie bei Ebbe nicht umfielen. Uns war diese Bauart nur recht, denn wir hatten ja vor, auf dem Salzhaff zu segeln und zu fahren, das auch flach war. Wir erfuhren erst später, welche Vor- und Nachteile diese Bauart für uns hatte, jetzt waren wir einfach begeistert und glaubten dem Herrn Richter natürlich jedes Wort, was er über die gute Ausstattung und hervorragenden Segeleigenschaften unseres Objektes der Begierde zu berichten hatte. Selbstverständlich war noch ein Interessent vorhanden, der nächsten Woche kommen und zuschlagen wollte und natürlich bekäme aber eben der, der zuerst da ist den Zuschlag. Irgendwie war unser Verstand ausgeschaltet. Wir wussten nichts von Osmose und das Segel haben wir auch nicht ausgebreitet. Gekauft wie gesehen, in drei Tagen holen wir es ab. Punkt. Auf dem Heimweg freuten wir uns wie die Kinder über unser Schnäppchen und den unkomplizierten Kauf.

Wie sehr dieses Boot zu einer Bereicherung unseres Lebens werden sollte, konnten wir zu dem Zeitpunkt nicht ahnen, aber die Ereignisse sind es wert, hier erwähnt zu werden. Wir wollten mit dem Erwerb wie bereits erwähnt, wenigstens zeitweise vor Vereinnahmung, allgegenwärtiger Arbeit und vor den ständigen Anforderungen unseres Geschäftes fliehen, einen für andere unerreichbaren Raum schaffen, einen Platz haben, der nur uns gehörte.

Ein Anruf bei dem Bootssteg-Eigner in Blengow genügte, um uns einen Liegeplatz im Salzhaff zu sichern. Allerdings rief das die ersten Widrigkeiten auf den Plan. In der Hauptsaison sind die Plätze im tieferen Wasser für die größeren Boote reserviert. Also wies man uns einen Platz im vorderen flacheren Bereich zu, was zur Folge hatte, dass, wenn ablandiger Wind herrschte, unser Wattenmeerboot fest auf den beiden Stummelkielen stand und wir nicht hinaus konnten. Manchmal half ein Wackeln und Schieben, manchmal gar nichts. Unsere Überlegung, das Boot an einer Boje in tieferem Wasser festzumachen verwarfen wir, weil man jedes Mal bis zum Bauch nass würde, wenn man an Bord gehen wollte. Wir nahmen die Unbequemlichkeit in Kauf, denn Priorität hatte jetzt der Umgang mit unserem neuen Fortbewegungsmittel. Dabei wollte Wilfried, ein langjähriger Feriengast aus Berlin und des Segelns mächtig, uns behilflich sein. Erwartungsvoll fuhren wir am Abend gemeinsam nach Rerik und gingen an Bord unserer Nixe. Wir hatten sie bereits in der Woche hingebungsvoll geputzt und geschrubbt, sodass sie schon von Weitem glänzte. Zum ersten Mal hörte ich etwas von Wanten, Klampfen und Fendern, von Fock- und Hauptsegel und was eine Takelage ist. Wir bemerkten nicht, dass es rabenschwarz über der Ostsee aufzog, so vertieft waren wir in unserem Tun. Unvermittelt prasselte ein Regenguss nieder und die Flucht in die Kajüte nütze uns nur wenig, denn bis wir die Luke dichtgemacht hatten, waren wir bis auf die Haut durchnässt. Seglerschicksal.

Von Sturmböen hin und her geschüttelt, harrten wir zähneklappernd in der dunklen Kajüte aus. Mir ging das Lied »*Das kann doch einen Seemann nicht erschüttern*« für den Rest des Abends nicht mehr aus dem Kopf. Es wurde in der Zeit, in der wir uns Bootsbesitzer nannten, zum Motto.

So unvermittelt wie das Unwetter aufgekommen war, verschwand es wieder und die Sonne strahlte vom blank gewaschen, unverschämt blauen Himmel. Unsere nasse Kleidung missachtend, hörten wir Wilfrieds Erklärungen weiterhin aufmerksam zu, übten Handgriffe und fühlten uns bald befähigt, die Nixe zu lenken. Vorfreude erfüllte mich, bei dem Gedanken, in sommerlicher Brise und Sonnenschein über das Haff zu gleiten, von Stille umgeben, eins zu sein mit Gottes wunderbarer Natur.

Bis dahin war allerdings noch einiges zu erledigen, denn an unserem Lehrtag mit Wilfried stellen wir fest, dass die Segel vom Segelmacher genäht, Segellatten nachgekauft und Rollen und Klampfen (das sind Haken, die mit einem Stift verschraubt werden) vervollständigt werden mussten, bevor es in Gottes wunderbare Natur gehen konnte.

Es sollte unser Tag sein. Wir wollten segeln, allein! Leichter Wind fuhr uns nicht nur durch die Haare, sondern blähte Haupt- und Focksegel, sodass wir gemächlich über das Wasser glitten. Wir übten gewollt eine Wende und ungewollt eine Halse, bei dieser lauen Windstärke kein Problem, umschifften die mit schwarzen Fähnchen markierten Reusen. Segeln war so einfach! Es war Zeit, ein kleines Päuschen einzulegen, wir holten die Segel ein und unter Zuhilfenahme des Motors, steuerten wir das Ufer an, um vor Anker zu gehen. Es gab ein Ruck, der Motor stotterte, nichts ging mehr. Ein Blick über Bord klärte uns auf. Wir waren in zu seichtes Gewässer geraten und Seegras hatte sich in der Schiffsschraube verfangen. Entschlossen sprang Willi über Bord, befreite die Schraube vom Gras und schob das Boot aus dem trügerischen Bereich. »Beim nächsten Mal wird alles besser«, prophezeiten wir, beendeten unseren Übungsnachmittag und verabredeten uns wieder zum kommenden Sonntag mit unserer Nixe. Entspannt schlenderten wir zum nächsten Bistro auf dem Reriker Marktplatz und bestellten ein Fischbrötchen, das für uns zum Besten am Norden gehörte. Ein Sonntag wie wir ihn uns nur wünschen konnten.

»Annika, willst Du mit aufs Boot, wir wollen zur Croy rüber«, rief ich in Richtung Kinderzimmer.

»Ja, dann brauch ich wenigstens kein Ponyreiten machen«, kam es etwas boshaft aus den Tiefen ihres Reiches, in dem Barbie und Ken das Sagen hatten und eine Herde langmähniger Pferde mit Glitzer friedlich in einer Plastikumzäunung grasten.

»Na dann los, spätestens um 11 Uhr geht es ab, sei pünktlich.«

Ich packte etwas zu essen und zu trinken in die Kühltasche, Handtücher und Sonnencreme in die Badetasche und setzte meine Sonnenbrille auf die Nase. Seemann ahoi, Rerik wir kommen.

»Ist noch genügend Sprit im Kanister, Herr Rossi?«

»Oh Shit, den hab ich vergessen und wo wir gerade beim Vergessen sind, mein Handy hab ich auch nicht dabei. Der Sprit im Motor wird reichen, außerdem sind wir zum Segeln hier, das spart, obwohl, der Wind ist ganz schön flau.«

»Das kann doch einen Seemann nicht erschüttern ...«

Wir manövrierten die Nixe ins Fahrwasser und ließen uns sanft vom Wind in Richtung Croy treiben. Die Croy ist eine sandige Landzunge am äußersten Zipfel der für Besucher gesperrten Halbinsel Wustrow. Man kam nur über den Wasserweg in diese abgeschiedene Ecke der Insel, sie konnte nur von Bootsführern angesteuert werden. Wir gehörten jetzt auch dazu, da lag es nahe, das unbekannte Gelände einmal zu erkunden.

Der Wind ließ immer mehr nach, bis er ganz einschlief und Willi den Motor anwerfen musste. Ein Ruck an der Leine und der Motor tuckerte beruhigend. Wir nahmen Fahrt auf, so schnell wie ein 6-PS-Motor es eben schafft, und ließen den Fahrtwind unsere Haut streicheln.

»Ich sehe die Croy, rechts halten, da können wir anlegen«, rief Annika. Sie stand vorn auf der Bugspitze und fuchtelte aufgeregt mit den Armen.

»Papa«, schrie sie plötzlich, »da ist ein ...«

Ein heftiger Ruck ging durch das Boot und wir standen, eingehüllt in Stille.

»Papa, hier ist ein ganz großer Stein«, erklärte unsere Tochter achselzuckend, »das wollte ich dir eben sagen«.

»Gut, dass du nicht ins Wasser gefallen bist, aber na ja, ist ja nicht tief hier. Gib mal das Paddel aus der Kiste, damit wir uns abstoßen können.«

»Da ist kein Paddel«, scholl es aus der Ankerkiste, in der Annika bis zur Hüfte verschwunden war.

Sie richtete sich wieder auf und schaute uns ratlos an.

»Das gibts nicht, da muss eins sein«, behauptete mein Mann, dessen Oberkörper ebenfalls in der Kiste verschwand.

»Oh ha, wenn das die Küstenwache erfährt, Segeln ohne Paddel geht gar nicht«, murmelte mein Gatte, während er sich wieder aufrichtete, »liegt wohl in der Werkstatt.«

»Okay, dann schieben wir es ein Stück zur Seite und werfen den Motor wieder an. Los Annika spring mal rein und mach mal.«

»Immer ich«, kam es maulig, aber sie tat wie geheißen, ließ sich über Bord gleiten und schob die Nase des Bootes in das Fahrwasser.

Unterdessen bemühte sich mein Mann vergeblich, den Motor wieder anzureißen. Einmal, zweimal, beim dritten Mal standen ihm die Schweißperlen auf der Stirn und es dauerte nicht lange, bis er zu stottern anfing.

»Versuch du mal«, wandte er sich an mich, obwohl er wusste, dass ich noch nicht einmal einen Rasenmäher anwerfen konnte.

Egal, ich zeigte Solidarität, denn eigentlich wurde nur meinetwegen das Schiffchen angeschafft, also hieß es Flagge zeigen. Wir zogen und zerrten, der Motor gab immer nur ein williges »Schrrr« von sich und verstummte.

Nun saßen wir da. 17 Uhr, kein Wind, eine Stunde Fahrzeit von Rerik entfernt, kein Motor, kein Paddel, kein Telefon und kein Segelboot in Sicht. Um die Ursache des Versagens zu untersuchen, klappte Willi den Motor hoch und entfernte die Abdeckung. »Wie viel Ahnung hat er von einem Außenborder«, ging es mir durch den Kopf, aber sag mal lieber nichts. Ich sah uns schon abwechselnd ins Wasser springen und die Nixe in den Hafen schieben. Tolle Aussicht.

Irgendwann klemmte er die Abdeckung mit der Bemerkung, »du Scheißding« wieder fest und ließ ihn erneut ins Wasser.

»Versuchs noch mal Herr Rossi, vielleicht hat er sich ja beruhigt«, ermunterte ich ihn.

»Was denkst du denn, glaubst du, ich hab Lust zu schieben«, kam es bissig von hinten.

Er riss einmal an der Leine und ein »Schrrr« ertönte, ein zweites Mal »Schrrr« und dann, das ersehnte »tuk, tuk, tuk tuk«. Er lief, langsam zwar, aber er lief. Vorsichtig, ganz vorsichtig gab der Vater Gas, nur nicht absaufen lassen, nicht überfordern, sanft in die Kurve gehen und ab in die Fahrrinne, kein Risiko mehr eingehen.

Die Stimmung war gereizt, wieder ein Sonntag, der entspannt sein sollte und im Fiasko endete. »Das sind doch nur Anfangsschwierigkeiten, das wird sich ändern, wenn wir mehr Routine haben«, tröstete ich mich.

»Das Teil baue ich jetzt ab, und bring es dem Bootsausstatter zurück, wer weiß, was der uns für ein Schätzchen angedreht hat«, schnaubte Willi und stapfte wild entschlossen auf unser Auto zu, das nicht weit vom Liegeplatz entfernt geparkt war. Annika wagte nicht, nach einem Eis zu fragen, und ich hielt auch nur noch die Heckklappe unseres Kombis auf. Später wurde mir erklärt, dass durch den Aufprall auf den Stein das Steuerruder den Motorpropeller touchierte, der von einem Stift gehalten wurde. Dieser Stift hatte eine Sollbruchstelle, um den Motor vor größerem Schaden bei solchen Zwischenfällen zu bewahren. Wunderbarerweise glitt der Reststift durch Willi`s »Geracke« wieder in die Führung, was dem Propeller ausreichend Halt gab, sodass wir trockenen Fußes wieder in den Reriker Hafen gelangen konnten.

Die Abstände zwischen unseren Bootsausflügen wurden größer, einerseits wegen der Aufgaben auf dem Hof und andererseits, weil Willi kein rechtes Vergnügen daran hatte.

Das endgültige Aus seiner sowieso eingeschränkten Leidenschaft, war ein Erlebnis der ganz besonderen Art im kommenden Jahr. Wir hatten für viel Geld das Boot gegen Osmose behandeln lassen, einen neuen, anständigen Motor gekauft, neuen Teppichboden hineingelegt und die Kissen neu bezogen. Es fehlte nur noch die Anbringung einer vernünftigen Halterung für den Motor, die das Auf- und Absenken erleichtern sollte.

Das Boot stand strahlend weiß, mit einem neuen Namen versehen auf seinem Anhänger, der ebenfalls neue Farbe bekommen hatte und wartete darauf endlich ins Wasser gelassen zu werden. »Quiet please« hieß die Nixe jetzt.

»Mit diesem Namen haben wir nur noch Glück. Komm Willi, ab heute wird alles viel besser. Guck mal, wie schön sie aussieht, da kann uns doch eigentlich nichts mehr passieren, außer schöne Stunden.«

Wir stiegen ins Auto und zogen unser Schmuckstück zum Haff, um es wieder dem feuchten Element zu übergeben. Alles klappte reibungslos, es herrschte auflandiger Wind und damit ein relativ hoher Wasserstand, der für uns wegen der bereits erwähnten Stummelkiele wichtig war und die ehemalige Nixe glitt leicht und elegant über die Slipanlage ins Wasser. Motor an, ein kleiner Bogen in Richtung Liegeplatz, Auto zum Parkplatz gebracht und husch, aufs Boot. Wir waren so gut vorbereitet, hatten aus der Vergangenheit gelernt, nun sollte uns nur noch das pure Vergnügen begleiten.

Es war wieder ein Bilderbuchsonntag, an dem wir uns reichlich Zeit genommen hatten. Wir segelten ein bisschen, gingen vor Anker, druselten im leise schaukelnden Rumpf ein, Entspannung pur. Ausgeruht wachten wir auf, sprangen noch einmal zur Abkühlung ins Wasser und dann sollte es losgehen, wir wollten einen zweiten Anlauf nehmen und die Croy ansteuern. Ich hielt vorn im Wasser aufmerksam Ausschau nach Hindernissen und Willi lenkte die »Quiet please« in die tiefere Fahrrinne. Irgendwann hörte ich ein »So ein Mist, das glaub ich einfach nicht!«, und drehte mich neugierig um. Von meinem Gatten sah ich nur das Hinterteil, das steil nach oben zeigte, vom Oberkörper war nichts zu sehen.

»Was ist denn nun schon wieder los«, rief ich und balancierte, mich an den Wanten, ein Teil des Tauwerks, festhaltend, nach hinten. Hilf mir, knirschte er nur mit zusammengebissenen Zähnen. Fassungslos nahm ich die Situation auf, der nigelnagelneue laufende Außenborder hing an Willis ausgestrecktem Arm im Wasser und drohte aus seiner Hand zu gleiten, auf nimmermehr Wiedersehen. Ich beugte mich ebenfalls über die Reling und griff beherzt zu. Gemeinsam schafften wir es, den Motor so weit heranzuziehen, dass Willi ihn ausstellen und wieder an der Bordkante befestigen konnte. Jetzt erst sah ich das Loch in der Bordwand, da, wo unser Schiffsbauer die Halterung befestigt hatte. Mein mittlerweile handwerklich geschultes Auge sah sofort, was passiert war. Der Bursche hatte sage und schreibe einfach zwei Löcher in die Rückwand gebohrt und die Halterung mit zwei Unterlegscheiben an die nur einen Zentimeter dicke Kunststoffbordwand geschraubt. Der, durch die zunehmende Geschwindigkeit entstandene Druck riss die Vorrichtung samt Motor aus der

Wand und nur Willis Geistesgegenwart war es zu verdanken, dass nicht 5000 DM im Wasser untergingen.

Ich widersprach nicht, als mein Mann enttäuscht entschied: »Wir kehren um.«

Wir ließen den Schaden beheben, aber die anfängliche Freude kehrte nie wieder zurück. Unsere »Quiet please« dümpelte einen letzten Sommer auf dem Haff herum und ging danach in einen jahrelangen Dämmerschlaf. Zeitweise diente sie den Kindern auf dem Hof als Spiel- und den Katzen als Schlafplatz. Vor zwei Jahren dann verkaufte der neue Wirtschafter, unser Sohn, unseren Sommertraum.

Der Windmühlenbau

Reiche Wessis, nein das waren wir leider nicht. Wir belasteten den Hof mit einem Kredit und jede erarbeitete, entbehrliche Mark und späteren Euro steckten wir in die Erneuerung des Gehöftes. Ein ganz besonderer Umstand kam uns allerdings bei dieser Mammutaufgabe zu Hilfe, ohne den die Renovierungen in diesem Umfang kaum möglich gewesen wären.

Die Haare mit dem Handrücken aus den Augen streichend, denn meine Finger waren feucht und schmutzig vom Gemüse putzen, sah ich aus dem Terrassentürfenster. Ein größeres Fahrzeug fuhr auf den Hof und ein junger Mann mit dunklen krausen Haaren stieg aus. Suchend schaute er sich um und anhand des Kennzeichens wusste ich, dass es ein Ortsansässiger war. Offenbar suchte er Willi, denn er wandte sich gleich der Werkstatt zu, so als ob er sich bei uns auskannte. Irgendwie kam er mir bekannt vor, ich wusste ihn aber nirgends einzuordnen. Na, vielleicht bei näherer Betrachtung.

Es war Frühjahr, für die Saison waren reichlich Vorbereitungen zu treffen, wer weiß, was er wollte. Ich drehte mich wieder meiner Küche zu, um meine Möhren zu Ende zu schälen. Die Haustüre klappt, Willi kam mit dem Besucher herein und stellte mir den Herrn vor.

»Iris, das ist Constantin Preuss, du weißt, der Sohn von Heinrich und Ursula aus Dietrichshagen.«

»Herzlich willkommen und nehmen sie Platz, ich mach uns mal einen Kaffee und ein Stück

Kuchen ist für uns alle da.« Nun wusste ich, zu wem er gehörte.

Vielleicht 35 Jahre dachte ich und ein bisschen dünn, aber eine sympathische Erscheinung.

»Constantin will mit uns über den Bau von Windkraftanlagen auf unserem Acker sprechen.«

Darüber hatte mir Willi in der Vergangenheit schon einiges erzählt, er war ein begeisterter Fan von erneuerbarer Energie, leider fehlte ihm das Know-how und vor allen Dingen die Zeit seine Idee umzusetzen. Bereits vor einigen Monaten besuchte uns ein Mann aus Schwaan, der in den 70er und 80er Jahren in der DDR an der Erarbeitung von Windkarten beteiligt war. Diese Windkarten umfassten unsere gesamte Ackerfläche als ein sogenanntes Windgebiet. Um als Windgebiet anerkannt zu werden, musste eine durchschnittliche Windstärke von 5-6 herrschen und das drumherum liegende Gelände möglichst unbebaut sein.

Ob dieser junge Mann frischen Wind in Willis Pläne bringen würde?

Ich hörte nur mit halbem Ohr zu, denn mir gingen wichtigere Dinge durch den Kopf. Die große Ferienwohnung musste neu gestrichen und der Teppichboden eventuell herausgenommen werden. Teppichböden in Ferienwohnungen taugten einfach nichts bei unserer Zielgruppe Familien mit Kindern. Da fiel schon mal was runter oder kippte etwas aus.

»Vier Mühlen auf eurem Gelände und zwei auf Jürgens, es gibt nur zwei entscheidende Hindernisse«. Constantin legte seine Stirn in Falten und knetete scheinbar verlegen seine Hände unter dem Tisch.

»Na, und die wären«, fragte Willi abwartend skeptisch.

»Ja also«, begann unser neuer Partner.

»Wir müssen eine GmbH gründen und jeder ist mit 5000 DM dabei, aber entscheidend ist, die Bank braucht eine Bürgschaft.«

Betretenes Schweigen.

»Soll heißen, das wir bürgen sollen?« Willi räusperte sich und schluckte trocken.

Wieder Schweigen.

Der Finanzminister in mir wurde unruhig. 5000 DM einfach mal so abknapsen, von den sowieso ständig zu geringen Einnahmen. Nein, das stimmte nicht, die Einnahmen passten, nur der Investitionsbedarf auf dem Hof war einfach zu groß, so vieles wartete auf Erneuerung und Verbesserung, um die Besucherzahlen ansteigen zu lassen. Der Gedanke, mit Haus und Hof zu bürgen, drehte mir den Magen um. Ganz ruhig bleiben und tief durchatmen, noch war nichts entschieden.

Bis der junge Mann sich verabschiedete, unterhielten wir uns über Nebensächlichkeiten, bemüht das zentrale Thema nicht mehr zu erwähnen. An der Haustür versprachen wir ihm, über die Erfordernisse nachzudenken und baldmöglichst eine Entscheidung zu treffen.

Ich schloss die Tür und lehnte mich mit dem Rücken dagegen, als wollte ich einem Dämon den Eintritt verwehren.

»Herr Rossi, das geht nicht, das kann uns ruinieren.«

»Darüber reden wir heute Abend, ich muss nachdenken.«

Er setzte seinen Hut auf und ging nach draußen.

Noch nie hatte ich bei Verlosungen und später bei Lotteriespielen Glück, weder in der Kindheit, noch jetzt. Willi dagegen war das klassische Sonntagsglückskind. Besuchte er die Kirmes, kam er regelmäßig mit riesigen Stofftieren, billigen Aschenbechern und Plastikrosen nach Hause, die besten Plätze auf Veranstaltungen wurden ihm freiwillig angeboten. Sollte nun das Glück auch wieder auf seiner Seite sein? Gingen wir das Risiko ein, konnte es zu unserem Wohl, aber eben auch zu unserem Wehe sein. Willi und Constantin gewannen und auch ich stimmte schließlich schweren Herzens zu. .

Monate, nachdem die Baugenehmigungen von den Entscheidungsträgern mit Magenschmerzen erteilt und die Fundamente gesetzt waren, schaute ich spät abends aus dem Schlafzimmerfenster.

Was genau, fragte ich mich, passiert denn da draußen? Orangefarbene und rote Lichter tanzten, Motoren dröhnten und weit entfernt Stimmen, die Kommandos gaben. Es war, als ob eine Invasion stattfand. Der ganze Weg, von der 800 m entfernten Hauptstraße bis zu uns herunter, stand voller blinkender und dröhnender Trucks. Ich weckte meinen Mann, denn das Schauspiel sollte er nicht verpassen. Wir warfen uns Morgenmäntel über und beobachteten das Schauspiel von unserer Terrasse aus. Da fuhren die Einzelteile eines Windrades, 3 Segmente für den

Turm, der 60 m hoch werden sollte, drei Rotorblätter á circa 30 Meter lang und die Kanzel mit einer Länge von ca. 20 Metern. Der Durchmesser an der Turmsohle beträgt 4,50 m. Ein rundes, bis zur Zwischendecke 20 m hohes, im Winter vielleicht etwas frisches Wohnzimmer, denke ich schmunzelnd.

Irgendwann begann ich zu frösteln und zog meinen Morgenrock enger zusammen. Die Bemühungen der Schwerlaster, die 90 Grad Kurve zu nehmen, was nur durch mehrfaches Vor- und Zurückrangieren gelang, würden noch länger dauern. Ich wollte wieder in mein Bett, dort war es kuschelig warm und meine letzten Gedanken vor dem Einschlafen galten wieder dem Windparkunternehmen, dem wir uns auf Gedeih und Verderb verschrieben hatten. Den kommenden Ereignissen vorweg gegriffen: Das Risiko einzugehen, hatte sich als Segen erwiesen, ohne die Einnahmen aus dem Windpark wären wir nicht so schnell vorangekommen, zumal uns unsere Bundesregierung bei unserem Tun nicht sonderlich behilflich war. Die einzige Förderung, die wir in Anspruch nehmen konnten, war ein zinsgünstiger KfW-Kredit (Kredit für Wiederaufbau) in begrenzter Höhe, der sich an der Größe der zu renovierenden Wohnfläche orientierte. Mehr Unterstützung war nicht zu erwarten, eher das Gegenteil war der Fall.

Zwei, drei Jahre nach unserer Übersiedlung flatterte uns ein Brief von der Oberfinanzdirektion Essen ins Haus, adressiert an meine Schwiegermutter.»Was hatten wir mit der Oberfinanzdirektion in Essen zu tun, unser Finanzamt steht in

Rostock«, überlegte ich. Auf dem Weg zu Oma Grete drehte ich den Brief nachdenklich in der Hand.

»Tu mir bitte einen Gefallen und mach ihn gleich auf, sonst sterbe ich vor Neugierde«, bat ich sie.

Umständlich nahm sie ihre Brille von ihrem winzigen Sekretär und setzte sie auf. Die Gläser müssten auch mal wieder geputzt werden, dachte ich und geduldete mich.

»Nä«, (wird kurz und verächtlich ausgespuckt) »dat gibt et nich«, kam es empört aus ihrem Mund und sie reichte mir das Blatt.

Ich fing leise an zu lesen und erhob meine Stimme, als ich zu dem niederschmetternden Absatz kam, in dem es lautete: »... bitten wir Sie, den Betrag in Höhe von 22.000 DM des an Sie gezahlten Lastenausgleiches für den landwirtschaftlichen Betrieb in Boldenshagen, auf das Konto der Oberfinanzdirektion in Essen zu überweisen.«

Ich ließ das Schreiben in meinen Schoß sinken, schaute auf und unsere Blicke trafen sich. Oma Grete hatte ihre ungeputzte Brille bereits wieder abgenommen und wippte mit kurzen Schwüngen in ihrem Schaukelstuhl, ein unverkennbares Zeichen von innerer Aufruhr.

»Ich fass' es nicht«, fiel mir nur ein.

»Nä«, spuckte meine Schwiegermutter abermals aus, knetete aufgeregt ihre Hände und ließ einer Tirade über unseren Rechtsstaat ihren Lauf.

»Die eine Regierung ließ den Bauern nicht leben, knebelte ihn so lange, bis er nicht mehr konnte und gezwungen war, alles aufzugeben, was einmal seinen Unterhalt und Lebensabend sichern sollte, steckten sich alles in die Tasche und wirtschafteten den Hof in Grund und Boden. Ich habe zwanzig Jahre auf dem Hof unentgeltlich geschuftet, immer im festen Glauben, der Hof wird mich später ernähren, und nun? Nun kommt die nächste Regierung und will sich den letzten Rest, den die Kommunisten übrig gelassen haben, unter den Nagel reißen. Dabei wird im Westen damit geworben, kleinbäuerliche Strukturen erhalten zu wollen und nu? Nu erfinden sie solche Sachen wie den Lastenausgleich zurückzufordern. Was ist denn von unserem schönen Bauernhof geblieben? Baufällige Stallungen, ein sanierungsbedürftiges Wohnhaus, mit Schrott und Unrat gepflasterte Grundstücke. Nä, so watt.«

Erregt fuchtelte Oma Grete mit den Händen, schaute durch das Fenster in die Ferne und in ihre Vergangenheit.

»Statt uns beim Aufbau zu helfen, machen sie uns das Leben noch schwerer, als es schon ist.«

»Du hast wirklich recht, das ist kein Pappenstiel, den wir da berappen müssen. Das wird nicht leicht für uns werden«.

Ich seufzte tief und massierte meinen steifen Nacken.

»Reg dich nicht auf, wir haben bis jetzt alles geschafft, warum auch nicht das.«

Ich drückte beim Abschied ihren Arm, nahm das Schreiben und ging nach nebenan.

Schicksal

Wie der Zufall es wollte, besuchten uns eine Woche später unsere Nachbarn, Michael und Mara. Beide kamen genau wie wir aus Schleswig-Holstein. Er war CDU Bundestagsabgeordneter und hatte nach der Wende unser Nachbargehöft gekauft. Immer, wenn sie auf ihrem Hof nach dem Rechten sahen, dann nahmen sie sich die Zeit, auf einen Sprung bei uns vorbeizuschauen, dann wurde entweder Kaffee oder ein Weinchen getrunken, je nach Tageszeit. Das war die Gelegenheit, mein Anliegen an exponierter Stelle vorzutragen, meinte ich, holte das Schreiben der Oberfinanzdirektion Essen vom Schreibtisch und reichte es dem Abgeordneten, der im Bundesfinanzausschuss mitarbeitete. Er las es sich durch und ließ es mit einem milden Lächeln sinken.

»Wie, liebe Iris meinst du denn, soll die Wiedervereinigung bezahlt werden«, fragte Michael mitleidig, schlug seine langen aristokratischen Beine übereinander und faltete die gepflegten Hände im Schoß.

»Und warum, meinst du, sollen ausgerechnet wir das übernehmen? Haben wir nicht schon genug investiert und Initiative gezeigt? Andere Betriebe halten die Hand auf und brauchen Subventionen in Millionenhöhe, um den Betrieb dann später doch zu schließen, immer mit der Begründung, man müsse Arbeitsplätze erhalten, und dann werden sie doch platt gemacht und das Geld ist weg.«

Verstimmt griff ich zu meiner Kaffeetasse und verbrühte mir beinahe meine Lippen.

»Das ist alles zu komplex, meine Liebe, um es dir hier in kurzen Sätzen zu erklären. Glaub mir, wir tun alles in unserer Macht stehende, um das Geld gerecht zu verteilen, aber da müssen auch Prioritäten gesetzt werden und niemand kann vorhersehen, ob ein Betrieb profitabel wird oder vor die Hunde geht. Dein Apfelkuchen ist übrigens ausgezeichnet«, stellte er fest und schob sich eine Gabel voll in seinen Mund.

»Wir Deutschen«, fuhr er fort, »sind ein Volk von Erben. Unsere Eltern haben nach dem Krieg in die Hände gespuckt und sich einen bescheidenen Wohlstand aufgebaut und in einigen Jahren werden jede Menge Häuser vererbt. Diese Erben sind wir, du und ich, und wir müssen unseren Beitrag leisten, denn wer sonst als das Volk kann so eine Aufgabe stemmen? Wir alle profitieren von der *Wende*. Ihr habt einen Bauernhof bekommen, dessen Wert in den nächsten Jahren steigen wird, die Automobilindustrie kommt mit der Produktion nicht hinterher, der Konsum hat sich vervielfacht.«

»Da hat Michael recht«, bestätigte Mara die Aussage ihres Mannes. Sie griff sich in ihre krausen Haare und richtet ihre Frisur, die überhaupt nicht in Unordnung geraten war.

»Politiker!«, dachte ich verächtlich und legte die Aufforderung zur weiteren Bearbeitung auf meinen Schreibtisch. Ich wollte die Stimmung durch eine Diskussion nicht anheizen, er hatte ja recht, wer sonst sollte dieses gigantische Unternehmen »Deutsche Einheit« bezahlen. Rebellieren nützte sowieso nichts und wir waren sicher nicht die Einzigen, die so eine Aufforderung erhalten hatten.

Unsere Unterhaltung plätscherte noch einige Zeit seicht dahin, bis sich die beiden mit der Bemerkung verabschiedeten, sie wollten noch auf die Wildschweinjagd und würden bestimmt bald wieder einmal vorbeischauen.

Wenn nur der schnöde Mammon nicht wäre, dann könnte das Leben so schön sein, resümierte ich und begleitete die zwei zur Tür, wo wir uns herzlich verabschiedeten.

Zu jener Zeit hatten wir noch keine Ahnung, welche Schicksalsschläge uns noch beschieden sein würden. Die Jahre flogen an uns vorbei, plötzlich waren die Kinder groß, gingen aus dem Haus und kamen wieder. Sie blickten selbstsicher und erwartungsvoll in die Zukunft. Annika hatte in Österreich Erfahrung in der Gastronomie erworben und war wieder zu Hause, um ihren Traum, Pferdewirtin zu werden zu verwirklichen, und Tobias begann ein Studium der Agrar-Ökologie. Wir hatten allen Grund zufrieden zu sein, aber das Unglück schlief nicht. Genau drei Tage nach meinem Geburtstag im Januar geschah es.

»Nanu, wessen Pferde sind denn da auf der Straße? Das sind doch hoffentlich nicht unsere.«

Ich schickte ein Stoßgebet zum Himmel: »Lass es nicht unsere sein.« Sie jetzt in der Dämmerung einzufangen und bei dieser Kälte ist wirklich kein Vergnügen. »Gott sei Dank, die gehörten nicht uns, kamen ja auch aus der entgegengesetzten Richtung«, stelle ich mit einem Blick durch die Terrassentür fest. »Unsere standen hinten an der Scheune. Wo war denn nur wieder meine Jacke?« Ich steckte gerade meinen rechten Arm in den Ärmel, als Willi hereinkam.

»Willi, wessen Pferde sind das, die da draußen die Straße entlanggaloppieren«, fragte ich ihn aufgeregt.

»Weiß nicht, die sind vorhin schon einmal von oben gekommen und Richtung Gersdorf gelaufen.«

»Gerade sind sie zurückgekommen und rennen Richtung Reriker Chaussee, hoffentlich passiert nichts. Ist unser Zaun in Ordnung? Du weißt doch, dass unsere Pferde immer wild werden, wenn andere ausgebrochen sind.«

»Na klar, ich kontrolliere ihn doch laufend.«

»Geh mal lieber gucken, ich bin ganz nervös.«

»Wenn es dich beruhigt«, entgegnete er und setzte sich seine Mütze wieder auf, die er noch in der Hand hielt.

Ich lief in unser Schlafzimmer, durch dessen Fenster ich auf unsere Koppel schauen konnte, sah aber in der zunehmenden Dunkelheit nur noch schemenhaft die Silhouetten einiger Tiere. Aber ich hörte etwas, unbeschlagene Pferdehufe trappelten aufgeregt auf dem Asphalt. »Herr, das darf nicht wahr sein.« Gleichzeitig hörte ich die Haustüre knallen und Willis fragendes »Wo bist du?«

»Hier, ich komm schon. Sind sie alle draußen?«

»Nur Anni-Pony nicht, aber Tarrabas ist allen anderen voran. Der Schweinehund ist einfach durch den Zaun, noch nicht mal der Strom hat ihn abgehalten.«

»In welche Richtung sind sie?«

»In Richtung B105, über Erichs Koppel«, kam es sorgenvoll aus seinem Mund.

»Ich ruf die Polizei an, falls die Pferde auf die Straße laufen, die geben die Nachricht bestimmt an den Verkehrsfunk weiter und dann ruf ich Annika an, die muss kommen, die kann am besten mit den Viechern umgehen.«

Ich führte nur noch ein Selbstgespräch, Willi war bereits wieder draußen, um die Suche aufzunehmen.

Vor Aufregung hatte ich Mühe, den Beamten den genauen Hergang und die Situation knapp und präzise zu erklären. Annika stellte keine Fragen. Meine Jacke von der Garderobe reißend rannte ich ebenfalls hinaus, aber irgendwann stellte ich fest, dass die Suche zu Fuß und in der nebligen Dunkelheit zu keinem Erfolg führen würde. Mein Herz klopfte mir bis zum Hals. Willi war weder in Rufweite, noch konnte ich ihn sehen. Ich lief ins Haus, holte den Autoschlüssel und sprang einfach ins Fahrzeug, fuhr auf gut Glück nach Kröpelin, um auf die B105 zu gelangen. Vielleicht konnte ich die Tiere dort abfangen.

Mein Handy klingelte »Mama, wo bist du?«

»Ich fahr in Richtung 105, hoffentlich sind sie noch nicht da. Vielleicht machen sie in Hanshagen halt, weil sie nichts mehr sehen. Bete, dass nichts passiert.«

»Ich bin mit Andy unterwegs, der kann uns helfen. Ich melde mich, wenn ich in Kröpelin bin und ruf mich an, wenn du was weißt.«

»Herr, lass niemanden zu Schaden kommen«, betete ich erneut.

Sah ich da blaue Lichter zucken? In der Dunkelheit konnte man vom Landweg die Scheinwerfer der vorbeifahrenden Fahrzeuge auf der Bundesstraße sehen. Nein, das konnte nicht sein und doch, ich bog auf die B105 in Richtung Neubukow und sah mehrere Autos am Straßenrand stehen. Ein Polizist stoppte mich und erklärte mir, dass in 100 m Entfernung eine Kollision mit einem Pferd passiert sei und wollte mich nicht weiterfahren lassen.

Mir schien, als ob meine Sinne schwinden wollten. Ich erklärte ihm, wer ich war, und der Beamte berichtete, dass das Tier sich ein Bein gebrochen hätte, der Tierarzt sei schon angerufen worden. Dem Fahrer schien nicht so viel passiert zu sein, aber ein Krankenwagen sei auch schon unterwegs.

Ich nahm alles wie in Trance wahr. Ein Auto hielt neben mir, Annika und ein junger Mann sprangen aus dem Wagen und kamen auf mich zu, sie sagte etwas und gestikulierte wild erregt. Hab' ich geantwortet? Wahrscheinlich, denn sie drehte sich um und rannte zu den stehenden Fahrzeugen. Ich folgte, meine Beine waren wie aus Gummi, irgendetwas hielt mich zurück und doch setzte ich ein Bein vor das andere. Ich hörte Annika schreien: »Tarrabas, nein, das dürft ihr nicht.«

Ich sah aus der Entfernung unser Pferd, ein Deutsches Reitpony, unbeweglich am Feldrand stehen. Die Beine akkurat nebeneinandergestellt, nur das linke, hintere war leicht angewinkelt. Den Kopf hielt es gesenkt und aus den Nüstern quoll der kondensierende Atem. Ein Film lief ab und wir waren die Akteure.

»Annika, hol den Papa, er muss da sein, wenn der Tierarzt kommt und du nicht. Außerdem müssen wir uns um die anderen Tiere kümmern.« Ich war wieder in der Gegenwart und meine Tochter ließ sich nur widerwillig von der Notwendigkeit des Handelns überzeugen.

Grau im Gesicht und völlig erschöpft übernahm Willi die schwere Aufgabe, unserem Pferde beim Gang ins Jenseits zur Seite zu stehen. Annika, Andy und ich machten uns auf die Suche nach den anderen Tieren und fanden sie in Detershagen, einem der B105 nahegelegenen Dörfchen, wo wir eine vorübergehende Bleibe für die Pferde fanden. Auf dem Heimweg sah ich auf der Bundesstraße kein Blaulicht mehr, der Verkehr rollte, als wäre nichts geschehen. Und doch veränderten die Ereignisse unser ganzes Leben.

Zwei Monate nach diesem tragischen Ereignis kam unsere Tochter wie üblich am Wochenende nach Hause.

»Ich hab da was am Hals, kannst du es dir mal ansehen? Was kann das sein?«

»Zeig mal her«, forderte ich sie auf und drehte sie ins hellere Licht. Sie bog ihren Kopf etwas zur Seite, damit ich die daumennagelgroße Wölbung unter der Haut, oberhalb des Schlüsselbeines besser sehen konnte. Vorsichtig berührte ich sie, fragte, ob es wehtäte, und stellte fest, dass es vielleicht eine entzündete Lymphdrüse sein könnte, ähnlich wie geschwollene Mandeln.

»Am besten gehst du gleich morgen zum Arzt und lässt es untersuchen. Erzähle ihm bitte auch, dass du in den letzten Monaten so viel abgenommen hast, das ist ja auch nicht in Ordnung.«

»Ach Mama, übertreib nicht, das kommt von der vielen, schweren Arbeit im Reitstall«, entgegnete sie.

»Siehst du, ich hab dir gleich gesagt, dass die Lehre als Pferdewirtin zu anstrengend ist, aber du wolltest ja nicht hören. Iss auch ein bisschen mehr«, redete ich ihr ins Gewissen.

Insgeheim war ich tief beunruhigt, denn so eine Schwellung war ungewöhnlich und der Gewichtsverlust war auch nicht unbedingt auf die Arbeit zurückzuführen. Mit sorgenvollem Gesicht wandte ich mich wieder meiner Beschäftigung zu, das hatte schon immer geholfen. Am nächsten Tag ging sie dann zu unserem Hausarzt, der sie sofort zum Chirurgen schickte. Noch immer unbesorgt erzählte sie mir, dass der Knubbel nun entfernt sei, aber noch untersucht werden müsse. Ich weiß nicht mehr wie viele Tage der Angst vergingen, bis der Befund da war: Lymphdrüsenkrebs.

»Lymphdrüsenkrebs, Lymphdrüsenkrebs« hallte es in meinem Kopf. Ich fuhr an den Straßenrand, Tränen verschleierten meinen Blick und eine kalte Hand schien mein Herz zusammen zu pressen. Unvermittelt tauchten die Bilder von Kerstins Siechtum aus der Vergangenheit auf. Sie war auch ein 18 jähriges Mädchen aus unserem Dorf in der alten Heimat, die ich als Taxifahrerin bis zum Ende begleitete. Die Chemotherapie mit allen damit verbunden Schmerzen, der unerträglichen Übelkeit, dem schleichenden körperlichen Verfall. Die Haare fielen aus und Hoffnungslosigkeit verdunkelte die Augen, die im immer schmaler werdenden Gesicht unnatürlich groß erschienen. Das Zahnfleisch entzündete sich und die Zähne schmerzten, sodass das Essen zu einer einzigen Qual wurde. Sollte unser kleines Mädchen durch diese Hölle gehen müssen und was würde am Ende sein?

Ich weinte, ließ die Tränen ungehindert über das Gesicht rinnen und auf meine Hände tropfen. Immer wieder kreisten meine Gedanken um das Warum. Sie wollte ihre Lehre abschließen, sollte heiraten und glücklich sein. Und nun? Würde sie den Kampf gegen den Tod aufnehmen und gewinnen? Irgendwann, ich wusste nicht, wie viel Zeit vergangen war, trocknete ich mein Gesicht und fuhr nach Hause, wo mich Willi bereits erwartete und wortlos in die Arme nahm.

»Guck mal hier Mama, auf meinem Kissen«, flüsterte Annika und hob den Kopf, damit ich es besser sehen konnte. Haare, blonde Haare überzogen wie ein goldenes Gespinst den Kopfkissenbezug. Wir hatten bereits vor einigen Wochen vorsorglich ihre Haare, die fast bis zur Hüfte reichten, abschneiden lassen, um den Schock zu mildern, wenn der Ausfall richtig einsetzen würde. Mein Magen verkrampfte sich vor Kummer beim Anblick meiner auf der Bettkante sitzenden Tochter. Ein schmächtiges Häufchen Elend.

»Wollen wir zum Friseur fahren und alles abrasieren lassen?«, fragte ich sie und setzte mich zu ihr.

»Hier, trink mal ein bisschen«, forderte ich sie auf und legte meinen Arm um ihre schmalen

Schultern. Sie umfasste die Tasse mit beiden Händen und nippte an dem noch warmen Tee.

»Das wird wohl am besten sein, ist nicht wirklich appetitlich, überall Haare, sie sind ja sowieso bald weg«, seufzte sie und legte sich wieder hin.

Ich strich noch einmal über ihre Stirn und verließ bedrückt das Zimmer. Verzagt setzte ich mich auf die Ofenbank, legte meine Hände in den Schoß und schaute ins Grüne. Sie war nicht mehr in unserem Haus, die fröhliche, unbeschwerte, Lebensfreude. Oma Traudel, die unermüdlich wirkende Ostpreußin hatte sich vor zwei Jahren von uns und der Welt klammheimlich verabschiedet, Opa Willi, der alte Nordrhein-Westfale mit seinem staubtrockenen Humor, fing an, tüdelig zu werden, und nun drohte der Tod, unser Kind zu holen.

Quälend zogen sich die Monate der barbarischen Behandlung hin, bis die Therapiezyklen endlich überstanden waren. Bangend erwarteten wir die Ergebnisse der CT- und MRT-Aufnahmen, teilnahmslose Bilder, die nackte Tatsachen schufen, uns über Leben oder Nichtleben in Kenntnis setzen würden. Wir konnten es kaum fassen, als man uns mitteilte, dass die befallenen Knoten sich zurückgebildet hatten.

»Es ist nur noch Narbengewebe sichtbar, ähnlich wie vertrocknete Rosinen«, sagte Annika und lächelt gequält.

Wie schwach sie war! Die Augen lagen tief in ihren dunkel umrandeten Höhlen und jede Anstrengung war zu viel, aber wir schöpften endlich wieder Hoffnung und ein glücklicher Schimmer legte sich auf ihr bleiches Gesicht. »Nach der Kur wird alles besser sein«, sprach ich mir Mut zu und vertrieb die Erinnerung an die furchtbaren Tage, an denen sie bettelte, sterben zu dürfen, weil unerträgliche Schmerzen ihren ausgemergelten Körper schüttelten. Nach Jahren voller Bangen, Höhen und Tiefen, tiefer Depressionen und Zweifel an der Gerechtigkeit des Lebens erkannten wir, dass an uns ein Wunder getan wurde und registrierten voller Dankbarkeit jede sichtbare Verbesserung ihrer Gesundheit.

»Ich fühle mich eigentlich stark genug, meine Lehre fortzusetzen, was meint ihr dazu?«, fragte sie eines Abends bei Abendbrot. Ich legte mein Messer zur Seite und richtete meinen Blick auf meinen Mann und wieder zurück zu Annika.

»Was sagt denn deine Ärztin dazu? Ich finde, es ist noch zu früh, du weißt doch, wie schwer die Arbeit ist. Willi, findest du nicht auch, dass sie noch zu schwach ist?«, bat ich um Unterstützung.

Sofort beschlich mich wieder Angst: »Es hat doch keine Eile«.

»Ach Mama, ich will jetzt endlich fertig werden. Es ist so langweilig, immer nur hier auf dem Hof. Ich will was tun und mit jedem Monat bin ich weiter vom Berufsschulstoff entfernt. Ich muss sowieso ein halbes Jahr wiederholen, das ist doch doof. Außerdem braucht mich mein Chef«, entgegnete sie resolut und fuhr sich mit den Fingern durch ihre adrette Kurzhaarfrisur. Wie hübsch sie damit aussah, aber ihr Teint war immer noch so blass und durchsichtig und die Arme noch zu dünn, viel zu dünn für Mistforke und beladene Schubkarren.

»Ich fange mit drei Stunden am Tag an und steigere die Arbeitszeit, so wie ich es schaffe, einfach, um wieder in den Alltag zu kommen«, bat sie fast flehentlich.

»Na ja, Annika«, meldete sich ihr Vater zu Wort. »Letztendlich musst du es wissen, was du dir alles zutraust. Du versprichst uns aber, Pausen einzulegen und dich nicht zu überanstrengen, auch wenn die Arbeit noch so dringend ist. Wir wissen, wie es bei Euch auf dem Hof hergeht. Lass dich nicht von Herrn Richter treiben, deine Gesundheit geht vor.«

»Ja, ja Papa, das ist doch klar«, versprach es und schon war sie weg.

»Ich hab kein gutes Gefühl, aber wenn sie unbedingt will, dann müssen wir sie wohl lassen. Ich hoffe nur, dass sie ihre Kräfte nicht überschätzt und vor allen Dingen, dass man auf Richters Reiterhof Rücksicht auf sie nimmt.«

»Da hab ich auch so meine Bedenken, denn in der Saison ist es dort nicht anders als bei uns, da fehlt an jeder Ecke eine helfende Hand«, resümierte mein Mann nachdenklich am anderen Ende des Tisches.

»Wir werden nicht dagegen ankommen und eigentlich ist sie ja vernünftig, ich kann das verstehen, die drei Ponys hier bei uns sind doch nichts gegen so einen richtigen Reit- und Zuchtbetrieb«, entgegnete ich und stand auf, um das Geschirr vom Tisch zu räumen.

»Du sollst mal bei Frau Dr. Becker anrufen, hab ich ganz vergessen, dir zu sagen«, teilte mir Annika mit und verschwand.

Warum sollte ich wohl ihre Ärztin anrufen, fragte ich mich und schon waren die Sorgen wieder da.

»Was will sie denn, gibt es etwas Besonderes zu berichten«, rief ich betont fröhlich in Richtung ihres Zimmers.

»Weiß nicht, hat nur gesagt, dass sie dich sprechen will.«

Ich hörte die Tür klappen und dann war es still. Mal den Teufel nicht an die Wand, das wird sicher nichts Schlimmes sein, versuchte ich, mich zu beruhigen, ging aber doch gleich ans Telefon und wählte nachdenklich die Praxis-Nummer.

»Hallo Frau Doktor, meine Tochter bat mich, Sie anzurufen, gibt es einen besonderen Grund?«

»Hallo Frau Roßmann, nett das Sie anrufen, ich wollte Sie eigentlich bitten, bei Annikas nächstem Besuch mit anwesend zu sein, hätten Sie Zeit?«

»Gerne, wenn Sie meinen, dann komme ich natürlich mit, aber liegt wirklich nichts Besonderes vor?«

»Na ja, ich mache mir schon ein bisschen Sorgen um Annika, aber darüber reden wir, wenn Sie da sind.«

»Na ja, dann also bis übermorgen«, antwortete ich und legte den Hörer langsam wieder auf.

Auf die Frage an meine Tochter, ob wirklich nichts sei, bekam ich nur ein Achselzucken und einen unergründlichen Blick zugeworfen. Ich rief ihr noch nach, dass ich sie natürlich begleiten würde.

Ob sie mich gehört hatte? Kann es sein, dass sie mir aus dem Weg ging? Irgendwie veränderte sie sich. Auf der Fahrt nach Rostock würde ich Gelegenheit haben, ein Wörtchen mit ihr zu reden. Es konnte doch nicht sein, dass das ganze Leiden dahin führte, dass wir keinen gemeinsamen Nenner mehr fanden und das Vertrauen zueinander verloren? Hatte ich etwas falsch gemacht und wenn, was denn?

Wie geplant, versuchte ich, auf der Fahrt in die onkologische Praxis mit ihr zu reden, was kläglich scheiterte. Über die Frage, ob sie Probleme hätte, kamen wir nicht hinaus.

»Lass mich in Ruhe, ich hab keine Lust zu reden«, entgegnete sie und schaute verschlossen aus dem Fenster. In der Praxis wurden wir ins Behandlungszimmer gerufen und Frau Dr. Becker begrüßte uns auf ihre immer gleichbleibende, freundlich optimistische Art. Spontan drängte sich mir die Frage auf, wie stark musste eigentlich ein Mensch sein, der diese Tätigkeit Jahr für Jahr ausüben konnte? Dieser Kampf um Leben konnte doch nicht an ihnen spurlos vorbeigehen, egal ob die Patienten alt oder jung waren. Sie stellte Annika Fragen, untersuchte, horchte hier, drückte da und bat sie ins Labor zur Blutabnahme zu gehen. Wir waren allein. Die kleine, sympathische, dunkelhaarige Ärztin schaute mich mit großem Ernst an.

»Frau Roßmann, Annika ist über 18 Jahre und ich unterliege der Schweigepflicht, ich möchte Sie aber dringend bitten, mit Annika zu reden, vielleicht hat sie besondere Probleme und achten Sie einmal auf ihre Handgelenke.«

Die Tür ging auf und meine Tochter trat wieder ein. Genau, das war es, was mich die ganze Zeit irritiert hatte. Es ist Hochsommer und sie trug ständig langärmlige Kleidung. Verstohlen fiel mein Blick auf ihre Hände, ich entdeckte nichts. Mit der Bitte, Annika möge den Augustbogen für die Krebsstudie nicht vergessen auszufüllen und wegzuschicken, verabschiedete Frau Becker uns und schloss leise die Tür.

»Wollte sie etwas Besonderes von dir«, fragte mich Annika lauernd, im Fahrstuhl auf der Fahrt in die Tiefgarage. Wie zufällig drehte sie sich zur Seite, sodass ich ihr nicht ins Gesicht sehen konnte.

»Nein, nichts Besonderes, sie bat mich nur, darauf zu achten, dass du dich nicht überanstrengst. Sie sprach davon, dass Verletzungen vermieden werden sollten, wegen der Infektionsgefahr«.

Ein leises »aha« kam ihr über die Lippen und ich meinte, sie würde betreten auf den Boden schauen. Ich beließ es dabei und wartete auf einen geeigneteren Moment, um sie zum Sprechen zu bewegen. Wir stiegen ins Auto und da sah ich es. Annika griff mit der linken Hand zum Gurt und befestigte ihn in der Halterung, dabei schoben sich die Ärmel hoch und legten verbundene Handgelenke frei.

»Nanu, was ist dir denn passiert, du bist ja verbunden«, fragte ich unschuldig. Dabei krampfte sich mir mein Magen zusammen.

»Meinst du meine Hände?«, kam es zögerlich, »och, da hab ich mich an der Schubkarre verletzt, ist nicht schlimm, Frau Becker hat sich das angesehen und ist auch der Meinung.«

»Schubkarre, hm, und da kann man sich so verletzen?«

»Du hast keine Ahnung, wie schwer die Arbeit ist und wie groß die Karren sind, da passiert so etwas schon mal«, echauffierte sie sich und kroch in sich zusammen, um für den Rest der Fahrt zu schweigen. Ich nahm mir vor, am nächsten Tag noch einmal mit der Ärztin zu telefonieren, in der Hoffnung, etwas mehr in Erfahrung zu bringen.
Ich bedankte mich bei Frau Becker für das Gespräch und lege den Hörer auf die Station, wippte mit dem Bürostuhl und schaute auf die Landkarte, die vor mir in meinem Büro an der Wand hing. Sie war gleichzeitig meine Pinnwand und mit vielen Merkzetteln und bunten Nadeln bespickt, die Herkunftssorte von Urlaubern markierten. »Was habe ich falsch gemacht«, fragte ich mich schockiert, dass das eigene Kind, nach Überwindung so einer Krankheit, sich so etwas antat.

Ich bekam keine Antwort. Noch heute habe ich keine wirkliche Erklärung dafür, warum ein geliebter Mensch so viel Not hat und keinen anderen Ausweg findet als sich selbst zu verletzen. Welcher Seelenpein mochte sie ausgesetzt sein, um so an sich zu handeln. Musste ich mir wirklich den Vorwurf gefallen lassen, zu viel verlangt und zu wenig gegeben zu haben, oder lagen die Ursachen ganz wo anders, aber wo? Wie gerne hätte ich mir einen Schuldigen aus dem Hut gezaubert. Ich fand ihn nicht und lebe seitdem mit meiner latenten Schuld, aber fast nichts ist auf Dauer traurig und die Zeit heilt eben doch Wunden, oder lässt sie zumindest verblassen. Auf Unglück folgt Glück und nach Katastrophen beschert das Leben uns in der Regel auch wieder Blütezeiten.

Landverkauf

»Der Preis für Ackerflächen ist schon wieder gestiegen«, murmelte Willi hinter seiner Zeitung, offenbar ohne mit einer Antwort zu rechnen, und blätterte um.

»Wenn ich darüber nachdenke, dass wir auf einem kleinen Vermögen sitzen und trotzdem knechten wie Sklaven, dann kommt mir immer wieder in den Sinn, wir könnten den Acker doch verkaufen und es uns gut gehen lassen. Gerade jetzt, wo klar ist, dass Annika auf lange Sicht den Hof nicht übernehmen kann.«

Ich schaute die Rückseite der lokalen Tageszeitung an.

»Wieso kann sie nicht?«

Er blicke von seiner Lektüre auf, faltete das Blatt zusammen um es nach dem Frühstück seinen Eltern zu bringen.

»Na, das weißt du doch selbst«, entgegnete ich mit einem vorwurfsvollen Unterton.

»Den Krebs hat sie noch lange nicht überwunden und ihre Psyche ist ganz bestimmt nicht stabil zu nennen. Außerdem wäre es doch wirklich von Vorteil, wenn sie einen Lebenspartner hätte, der auf den Hof passt. Meinst du, sie hat die Kraft? Was draußen zu tun ist, das könnte sie in ein paar Jahren bestimmt bewältigen, aber der ganze kaufmännische Bereich, den muss sie auch beherrschen.« Dabei zeigte ich auf meinen Schreibtisch, der schon wieder mit Papieren übersät war.

»Da hast du recht«, bestätigte er und nahm einen Schluck aus seiner Kaffeetasse.

»Unser Nachbar hat mir signalisiert, an einem Landkauf interessiert zu sein. Wir müssen ja nicht alles verkaufen, nur so viel, um die Gebäude auf Vordermann zu bringen, dass wir in Ruhe alt werden können. Die Wohnungen könnten fest vermietet werden und wenn noch was übrig bleibt, bekommen es die Kinder als Starthilfe. Dann wären wir alle Sorgen los. Ich denke es ist an der Zeit, unsere Situation realistisch einzuschätzen.«

Er fuhr sich mit der Hand über sein schütter gewordenes Haar und krraulte seinen grau melierten Bart, so wie er es immer tat, wenn er über etwas nachdachte, das ihn wirklich bewegte.

»Ich muss dich aber nicht an die Bauernregel Nummer eins erinnern, Land verkauft man nur in der allergrößten Not, und in der befinden wir uns eigentlich nicht.«

Wahrscheinlich zog ich meine Augenbrauen hoch, wie ich es meistens tat, wenn ich angestrengt nachdachte.

»Morgen reden wir noch einmal darüber.« Er griff nach der Zeitung und verließ die Küche.

Am nächsten Tag bat er mich, mit unserem Nachbarn einen Gesprächstermin zu vereinbaren.

»Wir nehmen sicherheitshalber eine Flasche Wein mit, wer weiß, ob wir da was kriegen«, kicherte ich und wir machten uns auf den Weg zum Nachbargehöft. Es war ein Spaziergang von 10 Minuten, vorbei an den Rotdornbäumen, die jetzt voll in Blüte standen. Zum wiederholten Mal stellten wir fest, dass man von hier den Kröpeliner Kirchturm sehen konnte und es in der Vergangenheit einen Kirchensteig gab, der von der LPG umgepflügt wurde wie so viele andere Wege auch.

»Schade, dass diese Wege alle weg sind. Was hätten wir für ein herrliches Wander- und Reitgebiet und dann bestimmt bald eine lange goldene Nase«, lachte ich und damit standen wir auch schon vor deren Haustüre und klingelten.

»Kommt rein und legt eure Sachen ab«, wurden wir empfangen und Susi, der Dalmatiner, kam neugierig schnuppernd die Treppe herunter. Das Wohnzimmer hatte sich nicht wesentlich verändert, seit Erich und Helga das Gehöft vor 5 Jahren erworben hatten, der Hof allerdings gewaltig. Ein moderner Kuhstall mit entsprechenden Silobehältern, Gülletanks und Fahrzeugunterständen machten aus dem ehemaligen Freizeit-Biobetrieb unseres Bundestagsabgeordneten, einen effizient wirtschaftenden Milchviehbetrieb. Wenn Schulklassen oder Kindergartengruppen bei uns im Heu schliefen, gingen wir häufig hinüber, um den Kindern einen modern betriebenen Bauernhof zu zeigen, auf dem die Kühe beim Melken Karussell fahren durften. Alles war hygienisch und entsprach den Tierschutzbestimmungen, Bauernhofromantik gab es allerdings nicht mehr. Die Maschinen waren gigantisch, die Entmistungsanlage elektrisch, die Fütterung automatisch, die Kälber eingesperrt. Die Milch war billiger als Bier und jene Kühe, die nicht Höchstleistung erzielten, wurden geschlachtet, genau wie deren Bullenkälber, weil diese nicht schnell und genug Fleisch ansetzten. Gesät und geerntet wurde Tag und

Nacht. Nichts blieb mehr dem Zufall überlassen, Verluste waren nicht hinnehmbar. Erich und Helga waren noch in Stallkleidung und ich war geneigt sie zu bemitleiden. Nein, kein Mitleid, wer mit über 60 Jahren noch so schuftete für noch mehr, der war selbst dran Schuld.

»Ja Erich«, kam ich nach dem üblichen Vorgeplänkel zum Kern unseres Besuches.

»Du hast gehört, dass wir uns mit dem Gedanken tragen, eventuell einen Teil unserer Flächen zu verkaufen und du bist daran interessiert«, sagte mir Willi und nickte in Richtung Sofa, auf dem mein Mann saß.

»Woll, dat wär ja vernünftisch, de Fläschen sind ja gleisch nevenan.«

Erich kam aus dem Niederrheinischen und setzte fast jedem Satz das Wort woll voran und das »Ch« wurde zum »Sch«.

»Und wenn ihr dat Jeld braucht, isch würd dat Land schon nehmen, wat wolld ihr denn dafür haben?«, fragte er eine Spur zu selbstgefällig, fast gönnerhaft. Er stützte sein jetzt am Abend stoppeliges Kinn auf den rechten Arm und wartete auf ein Angebot unsererseits.

»Also, pass auf Erich«, begann mein Mann und rutschte ein wenig auf seinem Stuhl hin und her, »ich hab mich natürlich erkundigt und du weißt auch, das die Preise für einen Hektar gutes Ackerland zwischen 5.000 und 10.000 Euro liegen.« Willi holte tief Luft und machte eine Pause, ich wusste, dass ihm solche Verhandlungen schwerfielen. »Mit mindestens 50 Bodenpunkten (die Bodenqualität wird in Punkten ausgedrückt und je höher die Punktzahl, desto ertragreicher ist der Boden) befinden wir uns im oberen Drittel, also brauchen wir auch nicht lange zu schnacken«. Willi knetete einen Moment seine Hände, griff dann in die Hosentasche und holte sein Taschentuch hervor, um sich die Nase zu putzen.

»Mit 8.000 Euro sind wir zufrieden und würden dir 20 ha überlassen.«

Helga wirtschaftete in der offenen Küche herum, ohne sich in das Gespräch einzumischen.

»Ja und watt ist denn mit die Windradstandorte, die jehören doch woll auch dazu«, forderte Erich mit fester Stimme.

»Wie kommst du denn auf die Idee«, fragte Willi konsterniert und wir blickten uns verständnislos an.

»Ja wie, dat jehört zur Fläsche und außerdem, ihr habt doch jenuch Jeld, woll«, kam es im Brustton der Überzeugung. Seine entspannte Haltung hatte er aufgegeben und saß nun aufrecht auf seinem Stuhl.

Mir blieb die Spucke weg. Was maßt sich dieser Mensch an, darüber zu befinden, wie viel Geld wir haben und brauchen. Langsam, aber stetig stieg mein Adrenalinspiegel und die in meinem Kopf formulierten Worte ließen sich nicht mehr herunterschlucken. Sie füllten nach und nach meinen Mund, saßen zwischen den Zähnen, in den Wangen und lagen auf der Zunge. Ich meinte, daran zu ersticken, es wurde immer anstrengender die Lippen zusammenzupressen.

Seine letzte Bemerkung: »de Windmühlenstandorte jehören dazu«, lösten die Lawine aus.

Ich fühlte, wie mir das Blut in den Kopf stieg und kotzte es förmlich aus: »Pass auf Erich, niemand zwingt uns zu verkaufen, hätte aber gut in unseren Plan gepasst, und recht hast du, wir haben unser Auskommen, aber deine Unersättlichkeit zwingt uns, unsere Pläne zu überdenken, es gibt da ja noch andere Interessenten, die den wahren Wert der Flächen kennen. Wir haben nur gedacht, man fragt doch zuerst den Nachbarn. Willi komm, wir gehen!«

Abrupt standen wir auf, nahmen unsere Jacken vom Sessel, wandten uns der Treppe zu, die zum Ausgang führte und verabschiedeten uns mit knappen Worten.

Draußen empfing uns lichte Dämmerung, es war ein lauer Sommerabend Anfang August, in dem die Luft weich und warm ist. Hier auf dem Hof roch es nach Silage, Kühen und Milch und allgegenwärtige Fliegen belästigten Mensch und Tier. Das Vieh hatte bereits seine Schlafplätze aufgesucht, kaute sein Abendfutter noch einmal wieder und nur das Summen der Milchkühlanlage störte die abendliche Ruhe. Aufgewühlt ließ ich die vergangene Stunde noch einmal gedanklich Revue passieren und wir gingen schweigend in Richtung unseres Hofes, was gab es auch zu reden? Das Gehörte war so unglaublich, dass es uns die Sprache verschlug und erst verdaut werden musste. Wie immer fand ich zuerst wieder Worte und stellte überflüssigerweise fest, dass eine vernünftige Lösung her musste und unser Nachbar meinetwegen versauern könne.

»Komm Herr Rossi, wir setzen uns noch eine Stunde auf die Terrasse, vielleicht haben wir eine Intuition.«

Mein Mann holte sich ein Glas Apfelsaft und schenkte mir einen Wein ein. Wir setzten uns einträchtig in den Strandkorb. Motten und andere nächtliche Insekten schwirrten um die Außenlampe, dabei zauberten sie Schattenwesen in unseren Lichtkreis, irgendwo im Gebüsch quakten Laubfrösche und auf der Weide hustete Inga, unser Norwegerpony. Eine golden leuchtende Mondsichel stand am nachtblauen Himmel, vorbeiziehende Wolken verdeckten sie zeitweise und ein in der Dunkelheit blinkendes Flugzeug, vielleicht auf der Route Stockholm - Grand Canaria, flog in wohl 10 000 m Höhe eilig seinem Ziel entgegen.

»Sag mal Herr Rossi«, so begann ich immer ein Gespräch, wenn ich ihm eine Idee schmackhaft machen wollte. »Hast du da eigentlich schon mal darüber nachgedacht Tobias zu fragen, ob er Lust hätte den Hof zu übernehmen?«

»Nee, aber meinst du wirklich, er würde das machen? Er hat doch einen guten Job als Vermessungstechniker in Hamburg, ob er den aufgeben wird, bezweifle ich, aber fragen kostet bekanntlich nichts.«

»Ich ruf ihn morgen an und frag mal, ob Ines und er am Wochenende kommen, dann besprechen wir eingehend das Ob und Wie. Ja, das ist eine gute Idee, ich glaube, jetzt kann ich bestimmt besser schlafen.«

Wir lauschten noch einige Zeit den nächtlichen Geräuschen, erörterten einmal mehr das Für und Wider, fragten uns, ob unser Sohn tatsächlich den Familienbesitz fortführen würde.

»Hallo Toby«, manchmal rutschte mir immer noch der Kosename heraus, »das muss Gedankenübertragung sein, ich wollte dich heute auch anrufen. Was gibt's denn?« Ich wechselte den Hörer ans linke Ohr um meine rechte Hand freizubekommen, denn ich hantierte gerade am Backofen, um den fertig gebackenen Kuchen herauszunehmen.

»Ich wollte eigentlich nur sagen, dass Ines und ich am Wochenende kommen, wir haben etwas zu besprechen.«

»Na das trifft sich prima, wir wollten euch auch etwas Wichtiges mitteilen. Soll ich Königsberger Klopse kochen?«

»Es gibt nichts Besseres!«, lachte mein Sohn. »Dann bis übermorgen« und legte auf. Was mag er uns wohl Wichtiges mitzuteilen haben, überlegte ich kurz, ließ den Gedanken aber gleich wieder fallen, denn es gab Dringenderes zu bedenken.

Am Freitagabend war es dann soweit. Wir saßen heiter plaudernd am Abendbrottisch, ließen uns die Klopse mit Kapernsoße schmecken und lehnten uns satt und zufrieden zurück. Erwartungsvolle Blicke machten die Runde, der Moment war da, aber niemand sagte etwas. Eine Schweigeminute entstand und ich hatte das Gefühl, dass sich eine bedrückte Stimmung breitmachte.

»Na, was ist los, ist etwas Schlimmes passiert?«, fragte ich jetzt hellhörig geworden.

»Nein, nicht sooo schlimm, aber schlimm genug. Ich bin entlassen worden«, rückte Tobias zerknirscht mit der Sprache heraus.

»Der Auftrag zur Vermessung des Spülfeldes im Hamburger Hafen, das zur Erweiterung des Flughafens dienen soll, stagniert und ich bin der Jüngste im Team.«

»Passt ja wie Faust aufs Auge«, entglitt es mir erleichtert. Verständnislose Blicke wurden getauscht und ich legte bewusst eine Kunstpause ein, um die Spannung zu steigern. Na Willi, dann erzähl mal, was wir erlebt haben und auf welchen Gedanken wir gekommen sind.

Ich schaute meinen Sohn erwartungsvoll an, nachdem Willi seinen Bericht über die Begegnung mit dem Nachbarn beendet hatte.

»Hm«, kam es zögerlich aus Tobias Mund und er schaute dabei seine Freundin Ines an, die schweigend neben ihm saß.

»Vielleicht sollten wir erst einmal mit Volkmar sprechen, der ist doch Fachmann.« Volkmar ist studierter Landwirt und als unser Pächter genoss er unser volles Vertrauen.

»So plötzlich kann ich keine Entscheidung treffen, darüber muss ich erst einmal nachdenken.«

Mit seinen großen Händen strich er eine Strähne, die sich aus seinem Zopf gelöst hatte aus dem Gesicht. »Und Ahnung habe ich von dem ganzen Metier ja überhaupt keine, weder von Landwirtschaft noch vom Tourismus. Ob das gut gehen kann«, gab er skeptisch zu bedenken.

»Nun, das kann man alles lernen, was hältst du davon, noch einmal die Schulbank zu drücken, und schiebst ein Landwirtschaftsstudium hinterher«, fragte ich hoffnungsvoll. »Das könnte hier in Rostock passieren und du wärst auf dem Hof, im Notfall einsetzbar. Das käme uns sehr entgegen, Papas Gesundheit ist ja nicht die Beste und der hauptsächliche Grund für die Entscheidungen.« Mit gespitzten Lippen und hochgezogenen Brauen versuchte ich, in seinem Gesicht zu lesen.

»Oh ha, Mama, das sind komplett neue Pläne, darüber müssen wir nachdenken. Diese Gedanken sind mir noch nie gekommen.«

Seine Miene drückte Unsicherheit und Zweifel aus, aber ich wusste, er liebte sein zu Hause. Trotz innerer Ablehnung in den ersten Jahren, die er hier zur Schule ging, hatte er wirkliche Freunde gefunden und seine jetzige Heimat schätzen gelernt. Fast jedes Wochenende tauschten er und Ines die Anonymität Hamburgs gegen die Ungezwungenheit seines Zuhauses ein, trafen sich mit dem jungen Volk im Sommer am Strand und auf der roten Wiese in Tessmannsdorf.

Zur Lagebesprechung wurden am nächsten Tag Volkmar und seine Frau Karina zu Kaffee und Kuchen eingeladen, was erstaunlicherweise vom Nachbarn nicht unbemerkt blieb. Wir saßen keine zehn Minuten, als das Telefon klingelte.

Willi nahm den Hörer zur Hand und meldete sich mit seinem Namen und lauschte. Am Tisch war es mucksmäuschenstill, sodass wir alle verstehen konnten, was am anderen Ende mit zornig erhobener Stimme in den Hörer mehr geschrien als gesprochen wurde. Sein Gesicht verziehend hielt er den Apparat in den Raum und mit den Worten: »... und sag dem Volkmar, man trifft sich immer zwei Mal im Leben ...«, beendete der Nachbar das Gespräch. Wir sahen uns an, schmunzelten und schüttelten den Kopf über den gerade gehörten Wortschwall.

»Und dieser Mann will von euch Land kaufen«, fragte Volkmar fassungslos, »in diesem Ton?«

»Als wir dich ins Spiel brachten, ist er ausgerastet«, entgegnete Willi verschmitzt lächelnd, während ich noch einmal eine Runde Kaffee einschenkte.

Es wurde ein kurzweiliger Nachmittag und Volkmar beantwortete bereitwillig Tobias Fragen bezüglich eines Agrarstudiums. Am Abend war die Überlegung einen Teil unserer Flächen zu verkaufen vom Tisch und Tobias entschlossen das Studium aufzunehmen. Erst sehr viel später sollten wir erkennen, dass wir uns mit dieser Entscheidung einen erbitterten Feind gemacht hatten. Im Moment aber waren wir erleichtert, einen guten Weg gefunden zu haben, und unsere Kinder ein klares, berechenbares Ziel vor Augen hatten. Tobias schrieb sich in Rostock ein und machte sich an das Studium in Agrar-Ökologie.

Herbst

»Willi«, rief ich vor Freude außer mir und lief nach draußen, du bist wieder Opa geworden. Er hörte natürlich nichts unter seinen Micky-Mäusen, die ihn vor dem Rasenmäherlärm schützen sollten, sah mich aber wild gestikulierend auf dem Weg stehen, hielt an und stellte den Motor ab. Stell dir vor, Ines hat einen kleinen Jungen geboren. Ist das nicht wunderbar?

»Ach, dann gehe ich also ab heute mit einer richtigen Oma zu Bett«, lachte er aufgeräumt.

»Tobias hat angerufen, er ist am Ende, sagt er. Die ganze Nacht hat er nicht geschlafen und Ines in den Morgenstunden auf die Entbindungsstation des Wismarer Klinikums gebracht.« Seit Tobias das Studium aufgenommen hatte, wohnten Ines und er in Wismar. »Heute sollen wir noch nicht kommen, die beiden müssen sich erst einmal vom Kinderkriegen erholen.«

»Nicht jeder ist so eine deutsche Landfrau wie du«, stellte mein Mann lakonisch fest und startete wieder seinen Rasenmäher. Er freute sich ebenso wie ich über den Familienzuwachs, aber eben wie ein Mecklenburger. Es war ja nicht sein erster Enkel, Thorsten, sein Erstgeborener, der in der alten Heimat geblieben war, hatte dort seine Familie gegründet. Falk war bereits zwölf Jahre alt und Till sieben. »Die konnten auch keine Mädchen«, ging es mir bedauernd durch den Kopf, egal Hauptsache gesund. Von Krankheiten hatte ich wahrhaftig genug. Fröstelnd zog ich meine Jacke fest um mich und sah meinem Mann nach, wie er seine Runden drehte. Es sollte der letzte Schnitt sein, der gleichzeitig das erste herabgefallene Laub aufnimmt.

Es war Herbst geworden, nicht nur für die Natur, auch wir waren in die Jahre gekommen, bei uns mischte sich immer mehr Grau in die Haare, wogegen sich die Blätter prächtig bunt färbten, als wollten sie mit dieser Farbenvielfalt über Vergänglichkeit und das nahende Ende des Sommers hinwegtäuschen.

Den Geburten folgte dann auch bald Hochzeit. Verkehrte Welt nenne ich das, aber so hat sich die Zeit geändert. Wir feierten eine zünftige Bauernhochzeit, mit der ganzen Familie und vielen Freunden, aßen, tranken, tanzten und lachten bis in die Morgenstunden und der Hahnenschrei zeigte uns dieses Mal an, ins Bett zu gehen.

Schon waren der Flamenco, den Ines und Tobias als Brauttanz mit Grandezza auf das Parkett legten, die verblüffenden Zauberstücke die Walter und Mary zeigten und die Begegnungen mit fröhlichen älteren und jungen Menschen, Erinnerungen. Mögen das Glück und die Liebe nicht im Alltagssumpf stecken bleiben. Wie schnell entstehen Risse, durch Eigensinn, Stolz, Rechthaberei und Gleichgültigkeit. Gegen das Pferdegatter gelehnt rauchte ich nachdenklich eine Zigarette und fragte mich nach Vergangenheit und Zukunft unserer Ehe. War es jetzt, wo die Kinder heirateten, an der Zeit einmal ehrlich Kassensturz zu machen und der Realität ins Auge zu sehen? Heute besser noch nicht, aber es wird der Moment kommen, an dem nicht mehr ausgewichen werden kann, noch ist nicht alles in Sack und Tüten.

Übergabe

»Willi, ich hab mit dem Steuerberater einen Termin vereinbart, damit wir die Hofübergabe besprechen können und er uns sagt, worauf wir achten müssen«, schrie ich aus meinem Schlafzimmer die Treppe hinunter ins Wohnzimmer, wo Willi auf dem Sofa vor dem Fernseher lag.

»Ich denke, du kommst am besten herunter und erzählst mir in Ruhe, was du mir zu sagen hast«, schrie er zurück.

Hofintern hatten wir zwischenzeitlich unsere Wohnungen getauscht. Tobias und Ines waren mit den Kindern ins Haupthaus, sozusagen in die Kommandozentrale und wir in die gegenüberliegende Wohnung meiner verstorbenen Mutter gezogen. Neue Tapeten und ein offener Kamin sorgten für ein angenehmes Raumklima und nun glaubten wir, uns zurücklehnen zu können.

»Übermorgen um 9 Uhr 30 sollen du, Tobias und ich mit unseren Unterlagen in Bad Doberan im Steuerbüro sein. Dort werden die Verträge unterschrieben und noch einmal alle Erfordernisse erläutert, dann sind wir beide auf dem Altenteil und das sollte gefeiert werden.«

Ich stand auf, ging ans Fenster, um zu sehen, ob die Pflanzen noch genug Wasser hatten, und schaute dabei auf den Hof. »Ich bin ja gespannt, wie sich danach die Arbeit hier auf dem Hof verteilt. Ines hat mich ja gebeten, ihr bei der Einarbeitung behilflich zu sein, hoffentlich klappte es.«

»Wird schon«, war der Kommentar meines Mecklenburgers.

Es klappte nicht. Eine klassische Ich-kann-nicht-abgeben- und Ich-kann-nicht-annehmen-Situation entstand und egal, mit wem ich mich darüber unterhielt, die Antwort lautete: »Alt und Jung gehören nicht zusammen«.

Die Stunde der »Wahrheit« war also gekommen, nach kaum zwei Jahren. Ich schaute mich nach einer Wohnung im nahen Badeort um und begann mein neues Leben zu ordnen und zu organisieren.

Ich stellte mir die Frage, wie mein zukünftiges Leben aussehen sollte, was mir wichtig und teuer war. Als Erstes stellte ich fest, dass ich wieder eine Beschäftigung brauchte, die Hände in den Schoß legen in meinem Alter war undenkbar. Ich kam zu der unbequemen Gewissheit, dass ich selbstverständlich aktiv am guten Verhältnis zu den Kindern mitarbeiten musste, außerdem lagen mir meine Enkelkinder Hanno und Torge sehr am Herzen. Fest stand auch, dass mir durch meinen Auszug die Geschehnisse auf dem Hof nicht gleichgültig geworden sind. Zum guten Schluss legte ich Besuchtage bei meiner mittlerweile pflegebedürftig gewordenen Schwiegermutter fest, die von Annika in ihrer Wohnung versorgt wurde.

»Oma Grete ist gestürzt und kann nicht mehr laufen«, berichtete meine Tochter bei meinem nächsten Besuch. »Auf dem Röntgenbild ist kein Bruch erkennbar, aber sie klagt über unerträgliche Schmerzen. Die Pflege wird immer anstrengender und essen mag sie auch nicht mehr, die Katzen werden sichtbar fetter und Oma entsprechend dünner.«

Ich ging die vier Stufen zu ihrem Zimmer hinauf und sah in das schmale, faltige Gesicht mit den wachen blauen Augen. Die dünnen Haare lagen lose auf dem Kopfkissen und die vom Alter braunfleckigen Hände strichen über den Bettbezug, als wollte sie eine Tischdecke glatt streichen.

»Na, was machst denn du für Sachen«, fragte ich sie und griff nach ihren Händen.

»Ich bin einfach beim Ausziehen umgefallen, einfach so und nun lieg ich hier, so´n Mist. Aber es wird ja auch Zeit, was soll ich denn noch hier. So alt wird doch kein Schwein«, knurrte sie und griff nach einem Briefumschlag, den sie mir reichte. »Hier lies, Tante Irene ist gestorben. Ich beneide sie so.«

Ich nahm den Brief aus dem Umschlag und las die wenigen Zeilen, die Sigrid schrieb. ›... ist mit 99 Jahren nach einem schweren Sturz sanft eingeschlafen. Wir trauern um sie‹. Langsam faltete ich den Brief wieder zusammen und steckte ihn zurück in dem Umschlag. »Sie hatte ein langes und schönes Leben, auch wenn sie die Zeit in den Gefängnissen verbringen musste, das Schicksal hat sie entschädigt. Aber du musst noch ein bisschen warten, nicht alle sterben an einem Sturz. Übe dich in Geduld, das verlangt der Herr von uns, sagst du doch immer.«

Nur vierzehn Tage später, am 10. April 2016 schloss auch Grete Roßmann, geborene Seyer, nach einem erfüllten Leben mit 94 Jahren ihre Augen.